nan O. Henry

Les Nouvelles Aventures de Jeff Peters

Table des matières

I

Art et Conscience.

    – Je n'ai jamais pu, me dit un jour Jeff Peters, retenir mon partenaire Andy Tucker dans la voie légitime de la sainte et pure combine. Andy a trop d'imagination pour être honnête. Les trucs qu'il invente pour rafler la monnaie sont tellement imprégnés de haute finance et de fallaciosité qu'ils n'auraient même pas été admis parmi les règlements intérieurs du Trésor public dans l'État du Gratizouela.

    « Quant à moi, je n'ai jamais consenti à m'approprier les dollars d'un tiers ou d'un quart sans lui fournir quelque chose en échange – bijoux d'or en cuivre, graines potagères, lotion anti-lumbagique, certificats d'actions, pâte à fourneaux, ou un coup de matraque sur l'occiput, – quelque chose enfin qui représente la contrepartie de son capital. Il y a des moments où je me demande si je n'ai pas eu, parmi mes ancêtres, des puritains de la Nouvelle-Angleterre, et si ne tiens pas d'eux un solide et tenace respect pour la police.

    « Mais l'arbre généalogique d'Andy n'est pas de la même souche. Je ne crois pas qu'il ait jamais pu trouver dans sa ramure autre chose que des boursiers ou des percepteurs.

    « Certain été, alors qu'il opérait dans le Middle West, le long de la vallée de l'Ohio, avec un stock d'albums de famille, de poudre contre la migraine, et d'insecticide aquatique, Andy se sent soudain en proie à l'un de ses accès périodiques de hautes perpétrations financières.

« – Jeff, me dit-il, en y réfléchissant bien, je crois que nous devrions laisser tomber ces spécialistes du rutabaga, et diriger notre activité sur quelque chose de plus nourrissant et prolifique. Si nous continuons à faire la chasse aux picaillons de ces culs-terreux, nous ne tarderons pas à être classés comme des naturalistes. Que dirais-tu d'un plongeon dans les donjons du pays des gratte-ciel ou d'une chasse à courre parmi les gros bisons de Plutus ?

« – Andy, répliqué-je, tu connais mes idiosyncrasies. Je préfère le genre d'affaires légal, loyal et pastoral que nous exerçons actuellement. Chaque fois que je prends de l'argent à l'un de mes frères anthropiques, je m'arrange pour lui laisser entre les mains quelque objet tangible dont la contemplation l'empêche de regarder de quel côté je suis parti, – oui, même si cet objet n'est qu'une simple épingle-de-cravate-à-seringue-secrète-pour-arroser-la-figure-des-copains. Toutefois, dis-je, si tu as une idée fraîche et joyeuse, projette-la sur l'écran. Je ne suis pas marié assez solidement avec la petite combine pour répudier un divorce occasionnel, au profit d'une consœur plus grasse et substantielle. »

« – Je songeais, répond Andy, à une petite expédition cynégétique, sans cor, ni chiens, ni camera – parmi le grand troupeau des Midas Americanus, vulgairement connus sous le nom de millionnaires pensylvaniens.

« – À New-York ? demandé-je.

« – Non, Monsieur : à Pittsburg. C'est là leur pâturage familial. Ils n'aiment pas New-York. S'ils y vont de temps à autre, c'est parce que l'opinion publique les y oblige.

« Un millionnaire pensylvanien à New-York est comme une mouche dans une tasse de café chaud : il attire l'attention et les commentaires, mais il n'y trouve aucun plaisir. New-York ridiculise la prodigalité qu'il étale dans cette ville de snobs, de filous et de ricaneurs. À la vérité, il ne débourse pas tant d'argent qu'on croit. J'ai eu l'occasion une fois de parcourir le mémorandum des dépenses effectuées par un Pittsburgeois de 15 millions durant une excursion de 10 jours à Tamtamville. Voici comment ça se présentait :

Billet aller et retour...	21	dollars.
Taxis	2	–
Note d'hôtel à 5 d. par jour.	30	–
Pourboires	5 750	–
TOTAL	5 823	dollars.

« Voilà la voix de New-York, continue Andy. Cette ville n'est qu'un maître d'hôtel. Si vous la gratifiez d'un pourboire exagéré, elle va se payer votre figure avec le groom du vestiaire. Quand un Pittsburgeois veut dépenser de l'argent et s'offrir du bon temps, il reste dans son pays. C'est là que nous irons l'attraper. »

« Bref, pour en finir, Andy et moi allâmes planquer nos albums, poudres médicales, bijouteries et élixirs dans la cave d'un copain, et en route pour Pittsburg. Andy n'avait encore enfanté aucun prospectus spécial de procédure ou d'hostilités : mais il a toujours été profondément convaincu que sa nature immorale se montrerait à la hauteur de n'importe quelle circonstance.

« En guise de concession à mes propres idées d'auto-conservation et de rectitude, il me promit que, si j'avais à prendre une part active et compromettante dans la moindre des opérations envisagées là-bas, il y aurait toujours quelque chose de réel, tangible, visible, doux, amer, ou odorant à transférer à la victime en échange de son argent, afin que ma conscience pût rester en paix. Après ça, je me sentis mieux et marchai d'un pas plus allègre sur le sentier latéral à la loi.

« – Andy, lui dis-je, tandis que nous errions à travers la fumée le long du chemin de cendres qu'ils appellent Smithfield Street, as-tu préconçu la façon dont nous allons entrer en relations avec ces rois du coke et ces écraseurs de minerai ? Je n'entends pas déprécier outre mesure la valeur de mon système personnel relatif au maniement de la fourchette à poisson et de la petite cuiller à café, dis-je, mais la pénétration dans les salons de ces fumeurs de cigares en suie ne va-t-elle pas se révéler plus ardue que tu ne le crois ?

« – Le seul handicap, répond Andy, que nous puissions rencontrer consiste dans notre propre raffinement et notre culture inhérente. Les millionnaires de Pittsburg forment un aimable régiment d'hommes simples, cordiaux, modestes et démocratiques.

« Leurs manières sont rudes, mais inciviles, et bien qu'ils se montrent pétulants et hirsutes, ils dissimulent derrière tout cela une dose appréciable d'impolitesse et de discourtoisie. Presque tous sont sortis d'une condition obscure, et ils y resteront, tant que la ville n'aura pas imposé des fumivores à toutes les cheminées. Si nous adoptons une conduite simple et sans affectation, si nous ne nous éloignons pas trop des bistros, et si nous bornons l'exercice de notre éloquence au thème exclusif des droits de douane sur les objets en acier, nous n'aurons aucune peine à en rencontrer quelques-uns dans le monde.

« Bref, Andy et moi passâmes trois ou quatre jours à errer dans la ville pour reconnaître les positions. Nous apprîmes ainsi à faire la connaissance visuelle de plusieurs millionnaires.

« Il y en avait un qui avait l'habitude d'arrêter son auto devant la porte de notre hôtel et de se faire apporter une demi-bouteille de champagne. Une fois que le garçon l'avait ouverte, il mettait le goulot dans sa bouche et la sifflait d'un trait. Andy suggéra qu'il avait dû être souffleur de verre avant de faire fortune.

« Un soir, Andy ne parut pas à l'hôtel pour le dîner. Il était onze heures lorsqu'il entra dans ma chambre.

« – Piqué un, Jeff ! me dit-il. Douze millions. Pétrole, laminoirs, lotissements, hauts fourneaux, etc.... Un chic type, – sans façons, manières ni us et coutumes. Récolté tout son fric en cinq ans. Vient de louer une équipe de professeurs pour lui faire avaler les doses requises de matières cérébrales, – éducation, art, littérature, conversation et chic vestimentaire. Quand je l'ai rencontré, il venait de gagner un pari de 10 000 dollars qu'il avait fait avec les Aciéries de Costagalem, – un pari sur le nombre de tonnes de suie qu'un homme peut avaler en vingt ans sans engraisser d'un kilo. Alors je le trouve en train de payer une tournée générale à tous ceux qui étaient dans la salle, et je participe comme les autres. Et naturellement, je lui tape dans l'œil, et il m'invite à dîner le soir même. Nous allons dans un restaurant de Diamond Alley, et mangeons des huîtres fumées, des beignets de saumon et de la friture d'ananas en buvant du blanc mousseux.

« Puis il veut me montrer sa garçonnière de Liberty Street. C'est un appartement de dix pièces, au-dessus d'un marché à poissons, avec salle de bains commune à l'étage supérieur. Il me dit que ça lui avait coûté 18 000 dollars pour le meubler, et je le crois facilement.

« Il y a là pour 40 000 dollars de tableaux dans une pièce et 20 000 dollars de bibelots dans une autre. S'appelle Scudder, 45 ans, prend des leçons de piano, et tire 15 000 tonneaux de pétrole par jour de ses puits.

« – Parfait, dis-je. Galop d'essai satisfaisant. Mais – en-suite ? À quoi nous conduit toute cette artisticaillerie pétroli-fère ?

« – Minute, répond Andy d'un ton pensif en s'asseyant sur le lit. Cet homme n'est pas ce qu'on pourrait appeler un rupin ordinaire. Pendant qu'il m'exhibait son musée, je voyais sa figure s'illuminer comme la porte ouverte d'un four à coke. Il me dit que s'il réussit deux ou trois grands coups, il écrabouillera la collection de bonbonnières, d'aiguières, de salières et de turbo-tières de Pierpont Morgan, à tel point qu'elle ne paraîtra plus qu'un intérieur de gésier d'autruche projeté sur l'écran d'un ci-néma.

« Puis il me montra une petite sculpture qui avait au moins 2 000 ans ou 2 000 siècles d'existence, dit-il ; et n'importe qui pouvait voir que c'était quelque chose d'extraordinaire. C'était une fleur de lotus en ivoire, au milieu de laquelle le vieux tail-leur de défenses avait sculpté un visage de femme.

« Scudder attrape un catalogue, et me décrit l'objet. C'est l'œuvre d'un Égyptien nommé Khafra, qui en avait fabriqué deux pour le Roi Ramsès LVI vers l'an XCMDZ avant Jésus-Christ ; le deuxième n'a jamais pu être trouvé. Toutes les bou-tiques d'antiquailleries ont fouillé l'Europe de fond en comble pour le dégoter, mais le stock semble être épuisé. Scudder a payé le sien 2 000 dollars.

« – Bah ! dis-je, tout cela me fait l'effet d'un gazouillis de ruisseau. Je pensais que nous étions venus ici pour enseigner les affaires aux millionnaires, et non pour qu'ils nous donnent des leçons d'art.

« – Patience ! répond Andy aimablement. Peut-être ver-rons-nous bientôt une brèche dans la fumée.

« Le lendemain Andy s'absenta durant toute la matinée. Il ne parut que vers midi dans le hall de l'hôtel et me fit signe aussitôt de monter dans sa chambre. Là, il extirpe de sa poche un paquet rond, de la grosseur d'un œuf de dinde et l'ouvre : c'est un ivoire sculpté semblable à celui du millionnaire, qu'il m'a décrit la veille.

« — Suis entré chez un petit brocanteur il y a un moment, fait Andy ; j'aperçois cet objet enfoui sous un tas de vieux yatagans et autres couleuvrines. L'antiquaire me dit qu'il a ça depuis plusieurs années ; — croit que ça lui a été bazardé par quelque Turc ou Arabe qui campait le long de la rivière.

« Je lui en offris 2 dollars ; mais je devais avoir l'air d'en avoir envie, car l'homme me déclara que si je ne lui en donnais pas au moins 35 dollars, ce serait comme si j'arrachais le porridge de la bouche de ses enfants. Finalement il me le lâche pour 25 dollars.

« Jeff poursuit Andy, c'est exactement le même objet que celui de Scudder, — un véritable et authentique frère jumeau. Il payera ça 2 000 dollars aussitôt qu'il aura jeté la moitié d'un œil dessus. Et qu'est-ce qui nous dit que ce n'est pas là le morceau de dent authentique que le vieux romanichel a découpé il y a ZY mille ans ?

« — Pourquoi pas, en effet ? dis-je. Mais, — comment allons-nous décider Scudder à en faire l'emplette ?

« Andy a déjà son plan tout prêt, et je vais vous raconter comment nous l'avons exécuté.

« Je me procurai une paire de lunettes bleues, endossai une redingote noire, embroussaillai mes cheveux, et devins ainsi le Professeur Pickleman. Je me rendis dans un autre hôtel ; où je me fis inscrire, et envoyai un télégramme à Scudder en le priant de venir me voir d'urgence pour une question d'art importante. En moins d'une heure, l'ascenseur le dépose devant ma porte. C'est un homme brumeux avec une voix claironnante, et une odeur de naphte et de carton bouilli.

« – Hello ! Prof ! clame-t-il, comment va la santé ?

« J'embroussaille un peu plus mes cheveux, et le fixe froidement à travers mes lunettes bleues.

« – Monsieur, demandé-je, êtes-vous Cornélius T. Scudder, de Pittsburgh, Pensylvanie ?

« – Lui-même ! dit-il. Sortons et allons boire un coup !

« – Je n'ai, dis-je, ni le temps, ni le désir de me livrer à de telles distractions innocentes et délétères. Je suis venu de New-York pour une question de commer... pour une question d'art. J'ai appris là-bas que vous êtes le propriétaire d'un ivoire sculpté égyptien de l'époque de la cent-soixante-dix-septième dynastie, qui représente la tête de la reine Isis dans une fleur de lotus. Il n'y avait que deux pièces semblables connues. L'une a été perdue durant de longues années – *je viens de la découvrir* dans une obscure petite boutique de Vienne et je l'ai achetée. L'autre est entre vos mains : je désire l'acquérir. Dites votre prix.

« – Ventre Saint-gris, Prof ! s'écrie Scudder. C'est vous qui avez trouvé la deuxième ? Bah ! Bah ! Bah ! – Et vous voulez acheter la mienne ? Non, non, non ! Cornelius Scudder n'a pas besoin de vendre ce qu'il désire garder. Avez-vous la pièce sur vous, Prof ?

« Je la montre à Scudder, qui l'examine soigneusement sur toutes ses faces.

« – C'est bien la vraie chose, dit-il, le duplicata exact de la mienne, jusque dans les moindres détails. Tenez, Prof ! dit-il, je vais vous dire ce que je vais faire : je ne vends pas, – j'achète. Je vous donne 2 500 dollars pour la vôtre.

« – Puisque vous ne voulez pas vendre, je m'y résous, dis-je d'un air contrit. Elles ne peuvent pas vivre l'une sans l'autre. En grosses coupures, s'il vous plaît. Je n'ai pas le temps de vous en dire plus, malgré mon désir de... Il faut que je retourne à New-York ce soir, j'ai une conférence demain à l'Aquarium.

« Scudder fait descendre un chèque au bureau de l'hôtel qui l'encaisse. Puis il me quitte, emportant son antique, et je regagne l'hôtel d'Andy après avoir réglé ma note.

« Andy se promène fiévreusement dans sa chambre en regardant sa montre.

« Hé bien ? demande-t-il.

« – Deux mille cinq cents, dis-je, comptant.

« – Nous avons juste onze minutes pour attraper le rapide du B. O. direction Ouest. Prends tes bagages.

« – Pourquoi se presser ? demandé-je. Ce fut un marché régulier. Et même si ce n'est qu'une imitation de la pièce originale, il ne va pas s'en apercevoir tout de suite. Il avait l'air persuadé que c'était bien l'article authentique.

« – Ça l'était, répond Andy. C'était le sien. Je l'ai mis dans ma poche hier pendant qu'il cherchait autre chose. Et maintenant, dépêche-toi d'attraper ta valise.

« – Mais alors, demandé-je, si c'était le sien, pourquoi m'as-tu raconté cette histoire de brocanteur et de Turc sur la rivière ?...

« – Oh ! répond Andy, c'était par respect pour ta sacrée conscience. Allez, en route !

II
Le Maître du trio.

Par-dessus nos deux assiettes de spaghetti, dans un coin du restaurant Provenzano, Jeff Peters m'expliquait qu'il y avait trois espèces de combines.

Chaque hiver, Jeff vient à New York pour manger des spaghetti, contempler la navigation sur East River, du fond de son manteau de chinchilla et s'approvisionner en vêtements (confectionnés à Chicago) dans un magasin de Fulton Street. Durant les trois autres saisons, on le trouve généralement dans l'Ouest ; son secteur s'étend de Spokane à Tampa. Il s'enorgueillit de sa profession, qu'il vante et justifie d'un air sérieux avec un système de morale excessivement original. Sa profession n'est pas nouvelle : il est un asile anonyme, sans actions et à capital entièrement non versé, pour les dollars agités, étourdis et migrateurs de ses frères humains.

Dans ce désert de ciment armé, au sein duquel Jeff vient passer chaque année ses vacances solitaires, il est heureux de raconter ses multiples aventures, tout comme un petit garçon qui aime à siffler dans les bois après le coucher du soleil. C'est pourquoi je marque sur mon calendrier l'époque de son arrivée, et je prends aussitôt une option chez Provenzano sur la petite table tachée de vin qui se trouve dans l'un des coins, entre la plante grasse qui a maigri d'un kilo et le palazzio della Raviola que l'on aperçoit entre quatre baguettes de bois peint.

— Il y a deux sortes de combines, dit Jeff, qui devraient être supprimées par la loi : la spéculation financière et le cambriolage.

— Presque tout le monde est d'accord avec vous, dis-je en riant, tout au moins en ce qui concerne l'une d'elles !

— Oh ! répond Jeff, le cambriolage aussi devrait être supprimé. — Et je me demandai si mon rire n'avait pas un peu déraillé.

— Il y a environ trois mois, dit Jeff, j'eus le privilège de pénétrer dans l'intimité de deux échantillons respectifs de ces professions peu respectables. Je devins fortuitement « personne à gratin » à la fois auprès d'un membre du Syndicat des cambrioleurs, et de l'un des Napoléons de la Finance.

— Intéressante combinaison, dis-je, en dissimulant un bâillement. Vous ai-je dit que j'avais descendu un canard sauvage et un lapin de garenne d'un seul coup de fusil la semaine dernière dans les Ramapos ?

Je sais comment il faut faire pour extraire des lèvres de Jeff le suc de ses histoires.

— Laissez-moi d'abord vous parler un peu de ces « sangsues, qui bloquent les roues de la société en empoisonnant les ressorts de la rectitude avec leurs yeux de vautour », répond Jeff dont le regard reflète le rayon rapace du rafleur de roupies.

— Je vous disais donc qu'il y a trois mois, le sort me fit tomber en mauvaise compagnie. C'est une chose qui n'arrive dans la vie d'un homme que dans deux cas : quand il est complètement fauché, ou quand il est riche.

« De temps en temps les affaires les plus légitimes sont victimes de la déveine. J'étais en train d'explorer l'Arkansas pour la septième ou centième fois, lorsqu'un jour je me trompe de route à un carrefour, et j'atterris infortunément dans la ville de Peavine. Il se trouve que j'ai déjà, au printemps de l'année précédente, assailli et défiguré cette métropole bucolique. Je lui ai vendu pour 600 dollars de jeunes arbres fruitiers – pruniers, cerisiers, pêchers et poiriers. Les Peaviniens, depuis quelques mois, surveillaient les routes, dans l'espoir que je repasserais par là. Je m'engageai dans la Grande Rue, et j'avais déjà dépassé la pharmacie du Crystal Palace lorsque je m'aperçus que j'avais commis une embuscade contre moi-même, et mon cheval blanc, Bill.

« Les Peaviniens attrapèrent votre serviteur par surprise, et Bill par la bride ; et tout de suite il fut question d'arbres fruitiers dans la conversation. Quelques citoyens amarrèrent une corde autour de ma ceinture et m'invitèrent à visiter leurs jardins, vergers et potagers.

« Les arbres fruitiers avaient tous fait mentir leurs étiquettes. La plupart d'entre eux s'étaient indubitablement transformés en prunelliers sauvages, avec, çà et là, quelques bosquets de peupliers et de platanes vulgaris. Le seul qui montrât des signes de fécondité était un jeune cotonnier, qui portait un nid de frelons et la moitié d'une vieille liquette.

« Les Peaviniens poussèrent cette stérile excursion jusqu'aux confins de la ville. Là ils s'emparèrent de ma montre et de mon capital, à titre d'acompte, et conservèrent mon cheval et ma voiture comme otages. Ils me firent assavoir que, le jour où l'un de ces prunelliers produirait une mirabelle, je pourrais revenir et prendre possession de mes équipages. Puis ils dénouèrent la corde et m'expédièrent avec une considérable impulsion dans la direction des Montagnes Rocheuses. Et me voilà cata-

pulté dans le pays des torrents verdoyants et des forêts bouil-
lonnantes.

« Lorsque je retrouvai mes esprits, je m'aperçus qu'en suivant les rails du A. T. S. F. railway, j'avais pénétré dans les fau-
bourgs ferroviaires d'une cité non identifiée. Les Peaviniens ne
m'avaient rien laissé, sauf une chique de tabac virginien, – ils
n'en voulaient pas à ma vie, – et cela me la sauva. J'en coupai
un bout avec mes dents, et m'assis en mâchant sur une pile de
traverses, afin de reconstituer mon stock de réflexions, combinaisons et préméditations.

« Soudain, je vois arriver un train de marchandises, qui ra-
lentit un peu avant de traverser la gare ; et j'aperçois une sorte
de gros paquet noir qui tombe des wagons et roule pendant une
durée de vingt mètres dans un nuage de poussière, puis se re-
lève en crachant de la suie et des interjections. Je constate alors
que c'est un jeune homme, dont le complet garde une certaine
ligne sous l'anthracite, et dont le visage assez vaste s'orne d'une
espèce de sourire joyeux malgré le lavis à l'encre de Chine que le
train lui a dessiné dessus.

« – Tombé ? demandé-je.

« – Non, répond-il, descendu. Suis arrivé à destination.
Quel est le nom du patelin ?

« – Pas encore regardé sur la carte, dis-je. Suis arrivé moi-
même cinq minutes avant vous. Quelle impression vous fait-il ?

« – Rugueuse, dit-il en se tortillant l'épaule. Je me demande si cette omoplate gauche... non, ça va, rien de cassé.

« Il se baisse pour secouer la poussière de son pantalon, et
ce faisant laisse tomber de sa poche le plus joli petit pince-
monseigneur en acier chromé que j'aie vu depuis longtemps. Il

le ramasse et me lance un regard percutant ; puis il sourit et me tend la main.

« – Frère, dit-il, salut. N'est-ce pas toi que j'ai rencontré l'été dernier dans le Missouri du Sud, occupé à vendre du sable coloré anti-explosif pour les lampes à essence, à un dollar la cuiller ?

« – L'essence, dis-je, n'explose pas ; ce qui explose, ce sont les vapeurs qu'elle produit et celles qui naissent dans l'indignation du client. » Je lui serre la main quand même.

« – Mon nom est Bill Bassett, me dit-il ; et, je le déclare par amour-propre professionnel et non par vanitas vanitatum, sache que tu as le plaisir de rencontrer le meilleur cambrioleur qui ait jamais posé ses semelles de crêpe dans la vallée du Mississipi.

« Alors, Bill Basset, et moi nous asseyons sur les traverses, et nous échangeons des vantardises comme font les artistes en pareil cas. Il se révèle qu'il est aussi fauché que moi ; et l'entretien ne tarde pas à prendre une tournure intime. Il m'explique comment il peut arriver qu'un cambrioleur de premier choix soit obligé de voyager sur les essieux d'un train de marchandises, en me racontant qu'il a été trahi par une femme de chambre à Little Rock, et qu'il a dû prendre un départ précipité.

« – Ça fait partie de mon boulot, me dit Bill Bassett, de courtiser le cotillon quand j'veux planter mon émerillon sur les picaillons des gros barbillons. C'est l'amour qui sésame les ouvre-toi. Tiens : prends une maison pleine de fric, – avec une soubrette photogénique : tu peux dire que c'est cuit d'avance ; c'est comme si l'argenterie était déjà fondue, et vendue, et que j'sois en train d'mastiquer des truffes en répandant du Château-Idem sur ma serviette, tandis que la police appelle ça une affaire de famille, parce qu'y a un neveu de la vieille dame qui donne des leçons d'ocarina pour vivre.

« Je commence par appliquer mon empreinte sur la poulette, continue Bill ; et je prends celle des serrures dès qu'elle a baissé le pont-levis pour moi. Mais celle de Little Rock m'a fichu dedans. Elle m'a vu promener en tram avec une autre du sexe, et quand je suis venu, le soir qu'elle devait laisser les portes du donjon ouvertes, je les ai trouvées fermées. Et j'avais fait fabriquer des clés pour les portes du premier étage ! Mais, non Monsieur ! Rien à faire ! Cette garce m'a joué une sale farce. Cette Judith m'a joué un solo-de-poterne.

« Il paraît que Bill essaya de forcer la serrure avec son monsignor, mais la soubrette lança une telle volée de trilles, arias et triples croches avertisseurs, que Bill n'avait plus qu'à s'élancer sur le parcours de la Grande Course de Haies, en direction de la gare. Malgré les efforts du starter pour l'arrêter, il réussit à sauter dans un train de marchandises qui venait de se mettre en route.

« – Ouiche ! dit Bill Bassett, quand nous eûmes échangé nos souvenirs respectifs, j'ai la dent ! – Cette métropole ne doit pas être cadenassée avec une serrure de sûreté. Si nous essayions de commettre quelque bénigne atrocité qui nous permît d'encaisser un peu d'acompte sur les dividendes ? Aurais-tu par hasard apporté quelque lotion capillaire, ou bijoux en toc ou autres matières premières du commerce forain que tu pourrais vendre sur la plaza aux balauds de cette populace somnolente ?

« – Non, dis-je, j'ai laissé un stock élégant de boucles d'oreilles en diamant patagonien et de flacons d'élixir vigogénique dans ma valise à Peavine. Mais tout ça doit rester là-bas jusqu'à ce que l'un de ces damnés prunelliers commence à inonder le marché avec des tétons-de-Vénus et des reinesclaude. Je ne pense pas qu'on puisse compter là-dessus, – à moins qu'on ne s'associe avec un prestidigitateur.

« – Hé bien, dit Bassett, on fera ce qu'on pourra. Possible qu'après dîner j'emprunte une épingle à cheveux à l'une de ces dames pour forcer le coffre de la Banque locale des Fermiers et Mariniers.

« Tandis que nous verbosons ainsi, voilà un train de voyageurs qui entre en gare et s'arrête. Et nous voyons descendre à contre-voie un personnage en chapeau haut-de-forme qui se dirige précipitamment vers nous en faisant de l'équilibre sur les rails. C'est un petit homme gras, avec un grand nez et des yeux de rat ; mais il est affublé de vêtements dispendieux et transporte une petite valise avec autant de précautions que si elle était pleine d'œufs ou d'obligations de chemin de fer. Il passe devant nous et continue sa route le long de la voie, comme s'il n'avait pas remarqué la présence de la ville.

« – Allons-y ! me dit Bill Bassett en se levant.

« – Où ça ? demandé-je ?

« – Signor ! dit Bill, as-tu déjà oublié que nous sommes dans le désert ? N'as-tu pas vu ce type avec sa malle pleine de manne tomber sur le sable aride devant nous ? N'entends-tu pas le cri des corbeaux nourrisseurs ? Voyons, Élie, tu m'épates !

« Nous rattrapons l'étranger à la lisière d'un bois, et, comme il commence à faire nuit et que l'endroit est dépeuplé, personne n'assiste à notre intervention. Bill harponne le chapeau de soie du quibusdam, le brosse avec sa manche, et le repose sur la tête de son propriétaire.

« – Qu'est-ce que ça signifie ? demande-t-il.

« – Quand j'en portais un comme ça, répond Bill, et que je me sentais embarrassé, je faisais toujours ça. Comme je n'en ai pas un aujourd'hui, j'ai dû prendre le vôtre. Je ne sais vraiment pas par quel bout commencer, Signor, pour vous expliquer la nature de nos tractations mutuelles ; mais je pense que nous allons d'abord explorer vos poches.

« Bill Bassett les fouille, les unes après les autres, et regarde le type d'un air dégoûté.

« – Pas même une montre, dit-il. Vous n'avez pas honte, espèce de mannequin-sandwich-publicitaire ? Ça se promène habillé comme un maître d'hôtel, et c'est fauché comme un marquis ! Pas même vingt sous pour prendre le tram ! Qu'avez-vous fait de votre capital ?

« L'homme répond qu'il est dépourvu de toute possession terrestre ou maritime. Alors Bassett prend la valise et l'ouvre : il en sort des cols, des chaussettes et une coupure de journal d'une demi-page. Après l'avoir lue soigneusement, Bill tend sa main à la victime.

« – Frère, dit-il, salut ! Accepte nos excuses amicales. Je suis Bill Bassett, le cambrioleur. Mr. Peters, je te présente M. Alfred E. Ricks. Serrez-vous la main. Mr. Peters, poursuit Bill, se tient à peu près à moitié chemin entre vous et moi, Mr. Ricks, en matière de ravage et de corruption. Il donne toujours quelque chose en échange du fric qu'il reçoit. Je suis heureux de vous rencontrer, Mr. Ricks, vous et Jeff Peters. C'est la première fois que j'assiste à une séance du Concile National des Requins au complet, – avec tous les représentants du cambriolage, de la filouterie et de la finance. S'il te plaît, Jeff, examine les titres de Mr. Ricks.

« La coupure de journal que me tend Bill Bassett exhibe un excellent portrait de ce Ricks ; c'est un journal de Chicago et

Ricks y est traité dans chaque colonne d'une façon agressive et diffamatoire. Une rapide lecture m'informa que le dit Alfred E. Ricks avait loti toute la partie de la Floride qui se trouve sous les eaux, et l'avait vendue à de soi-disant « innocents » acheteurs, attirés dans ses somptueux bureaux de Chicago.

« Il venait de ramasser ainsi une centaine de milliers de dollars, lorsque l'un de ces petits clients tracassiers qui font toujours du tapage (j'en ai vu qui avaient le culot d'éprouver avec de l'acide des montres en or que je leur vendais) eut l'idée d'aller faire un tour en Floride pour contempler son acquisition, et voir si la grille de clôture n'avait pas besoin d'un coup de peinture, et rapporter à Chicago quelques citrons et oranges du jardin. Il loue un guide pour l'aider à trouver son lot. Munis d'un sextant et d'une boussole, ils finissent par découvrir que la florissante cité, baptisée Paradise Hollow dans les placards publicitaires, se trouve à un centième de seconde de l'intersection du parallèle Nord-Sud-Est et du cent trente-sixième méridien occidental, qui se croisent mutuellement en plein milieu du lac Okeechobee. Le lopin lacustre de cet homme s'étendait sous l'eau à dix mètres de profondeur, et en outre il était occupé depuis si longtemps par les alligators et les brochets-requins que le nouveau titre de propriété paraissait vaseux.

« Naturellement, le type retourne à Chicago et il y a une séance explicative du type cyclonique entre Alfred et lui : Ricks essaye de défier les allégations du client, mais il ne peut pas renier les alligators. Un matin, tous les journaux lui consacrent une colonne, et Ricks préfère ne pas prendre l'ascenseur et s'en aller par l'escalier de secours extérieur. Il paraît que ce qu'on nomme les « autorités » avaient battu Alfred d'une courte tête dans la course au coffre-fort contenant ses économies, et Ricks est contraint de cingler vers l'Ouest avec un capital de douze cols, six paires de chaussettes et un rasoir mécanique dans sa valise et un chapeau de soie sur la tête. Il consacre la monnaie de poche qui lui reste à faire l'emplette d'un billet de chemin de fer, pour une destination correspondant à la distance maxima évaluée en dollars, et cela le conduit jusqu'à cette ville du désert, où le train le déverse sur Bill Bassett et moi.

« Alors, cet Alfred E. Ricks se met à crier qu'il a faim lui aussi, tout en nous informant qu'il n'est pas en mesure de financer le ravitaillement. Et nous sommes là, tous les trois, représentants éminents du travail, du commerce et du capital ; mais nous ne sommes pas dans des dispositions d'esprit propices à l'élaboration de classements symboliques. Car, quand le commerce n'a pas de capital, il n'y a pas un radis à ramasser ; et quand le capital n'a pas d'argent, il y a raréfaction intégrale du bifteck aux pommes. Notre seule et dernière ressource consiste donc dans le monsignor du cambrioleur.

« – Frères de la Côte, dit Bill Bassett, jamais encore je n'ai laissé tomber un copain dans le besoin. Dans ce bois, là-bas, je crois apercevoir des appartements non meublés. Allons nous y installer en attendant la nuit.

« C'est ainsi que nous prîmes possession d'une vieille cabane en troncs d'arbres dissimulée sous la ramure. Et dès que l'obscurité fut tombée, Bill Bassett s'en alla en nous disant de l'attendre patiemment. Une demi-heure plus tard il revient avec une pleine brassée de pain, de pâté, de jambon et de rillettes.

« – Piqué tout ça dans une ferme de Washita Avenue, dit-il. Mangez, buvez et engraissez.

« Nous nous assîmes par terre et commençâmes à dîner à la lueur de la pleine lune qui éclairait complaisamment la cabine. Et aussitôt voilà mon Bill Bassett qui se met à débiter des vantardises.

« – Il y a des fois, dit-il, la bouche pleine de produits campagnards, où j'perds patience quand j'vous entends dire que vous êtes d'une classe supérieure à la mienne dans la profession. Hé bien, qu'est-ce que vous auriez pu faire, l'un ou l'autre, ce soir pour nous sortir du pétrin de la famine ? Toi, Ricksy, par exemple ?

« – Je dois avouer, Mr. Bassett, dit Ricks, la voix à moitié étouffée par une tranche de pâté, que dans cette pressante conjoncture je n'aurais pas été en mesure d'imaginer une initiative capable de remédier à la situation. De grandes opérations, telles que celles que je dirige, ont naturellement besoin d'être soigneusement préparées à l'avance. Je...

« – Je sais, Ricksy, fait Bill l'interrompant ; pas besoin d'm'expliquer. Il vous faut d'abord 500 dollars pour acheter le mobilier en acajou et payer la sténo-dactylo blonde. Et il vous faut encore 500 dollars pour acheter la publicité. Et il vous faut quinze jours de stagnation en attendant que le poisson commence à mordre. Votre système de secours, dans les cas d'extrême urgence, serait à peu près aussi utile qu'une lettre de recommandation pour le Dr. Quaigh de Boston à un homme qui vient de se faire mordre par un serpent à sonnettes en Californie. Et ta combine, frère Peters, n'est guère plus expédiente.

« – Oh ! dis-je, je ne t'ai pas encore vu transformer un caillou en or avec ta baguette, monsieur le magicien. N'importe qui est capable de faire fonctionner l'anneau enchanté pour faire apparaître quelques restes du déjeuner de la veille.

« – Bah ! dit Bassett joyeusement d'un air fanfaron, je ne considère ça que comme une petite entrée, – quelque chose comme la préparation de la citrouille. Oui, Miss Cendrillon, vous allez bientôt voir la calèche et les six chevaux s'arrêter devant la porte. Mais peut-être avez-vous une petite idée derrière l'occiput qui va nous permettre de démarrer ?

« – Mon fils, dis-je, j'ai quinze ans de plus que toi, et cependant je suis encore assez jeune pour souscrire un contrat de rente viagère. Il m'est arrivé déjà plusieurs fois d'être fauché. Regardez les lumières de cette ville, à deux portées de boniment d'ici : à cette heure-ci les rues sont pleines de pecquenauds qui se baladent avec des taches de graisse sur leurs vêtements. Je suis, dis-je, un élève de Montague Silver, le plus grand charlatan qui ait jamais prononcé un sermon sur un champ de foire. Donnez-moi une lampe à essence, une boîte de chiffons et trois douzaines de flacons du dégraisseur incombustible Flic-Flac à base d'oxyde d'hydrogène et de savon noir et...

« – Où sont les flacons ? demande Bill Bassett d'un ton sarcastique. Il n'y avait pas moyen de discuter avec ce cambrioleur.

« – Non, poursuit-il, vous êtes tous les deux aussi impuissants qu'un enfant qui tète un biberon vide. La Finance a fermé ses bureaux en acajou, et le Commerce a baissé ses rideaux de fer. Vous comptez tous les deux sur le Travail pour remettre la bagnole en route. C'est bon. Vous l'admettez. Cette nuit, je vous montrerai ce que Bill Bassett est capable de faire.

« Là-dessus, il nous quitte, en nous recommandant de ne pas nous éloigner de la cabine avant qu'il soit de retour, et il se dirige vers la ville, en sifflant gaiement.

« Après son départ, cet Alfred E. Ricks ôte ses souliers, couvre son chapeau avec un mouchoir de soie, et s'allonge par terre.

« – Je crois que je vais essayer de sommeiller un peu, dit-il. Cette journée a été assez dure. Bonne nuit, mon cher Mr Peters.

« – Compliments à Morphée, répliqué-je. Vais veiller encore un peu.

« Vers deux heures du matin, – autant que j'en puis juger avec ma montre restée à Peavine, voilà mon Bill qui rapplique, réveille Alfred d'un coup de semelle crêpe, et convoque le syndicat sur le pas de la porte, brillamment illuminé par le clair de lune. Puis il étale cinq paquets de mille dollars chacun sur le sol et se met à caqueter comme une poule qui vient de pondre.

« – J'vais vous donner quelques tuyaux sur le patelin, dit-il. Ça s'appelle Rocky Springs, et ils sont en train de bâtir un temple maçonnique, et Pilcer l'épicier est le candidat démocrate pour la Mairie, mais on dit qu'il sera battu aux élections par le pharmacien républicain ; et la femme du juge Tucker est au plumard avec une pleurésie, mais elle va mieux. Il me fallut bavarder un peu sur ces sujets lilliputiens, avant de pouvoir plonger une paille dans le verre où clapotait la liqueur de la connaissance utile et agréable. C'est ainsi que j'apprends l'existence d'une banque, qu'ils appellent « Banque d'Épargne et de sécurité des Bûcherons et Laboureurs ». Hier soir, à la fermeture, il y avait 23 000 dollars en caisse. Ce malin, à l'ouverture, il n'y en aura plus que 18 000, tout en pièces d'argent et de nickel, – principalement nickel, c'est pourquoi il en reste autant. Qu'est-ce que vous en dites, hein, Capital ? Et toi, Commerce ? Ça vous en bouche un coin !

« – Mon jeune ami, dit Alfred E. Ricks en levant les bras au ciel, avez-vous vraiment cambriolé cette banque ? Mon Dieu ! Mon Dieu !

« – On ne peut pas appeler ça un cambriolage, dit Bassett, le mot est un peu exagéré. Tout ce que j'eus à faire fut de trouver dans quelle rue se trouvait l'institution. Cette ville est si paisible qu'en écoutant derrière les volets j'ai entendu le caissier fermer le coffre et manipuler sa combinaison aussi distinctement qu'un locataire du quatorzième étage à Chicago entend celui du deuxième engueuler sa femme au mois d'août, lorsque les locataires intermédiaires sont en vacances : 45 déclics à droite, 80 à gauche, de nouveau 60 à droite, et 15 à gauche. Et maintenant les gars, dit Bassett, il paraît qu'on se lève tôt dans cette ville, – que les citoyens sont tous debout et en mouvement avant le jour. J'ai demandé pourquoi, et on m'a répondu que c'était parce que le breakfast était prêt à cette heure-là. Aussi, grouillons-nous. Et ensuite, adieu Rocky Springs et son temple d'Artémis. Maintenant, j'vais vous commanditer. Combien voulez-vous ? Parlez, Capital.

« – Mon cher jeune ami, dit ce putois de Ricks, debout sur ses pattes de derrière, et secouant des noisettes dans ses pattes, j'ai des amis à Denver qui sont prêts à me donner leur concours. Si j'avais une centaine de dollars, je...

« Bassett ouvre l'un des paquets, jette cent dollars à Ricks.

« – Commerce, combien ? me demande-t-il.

« – Garde ton argent, dis-je. Je n'ai jamais encore braconné sur les terres arides des travailleurs honnêtes qui gagnent durement leur maigre pitance. Les dollars que je cueille sont les profits superflus qui brûlent les poches des imbéciles qui se croient malins. Quand je m'installe au coin d'une rue pour vendre une bague en or à un balaud moyennant 3 dollars, je ne fais que 2 dollars et demi de bénéfice. Et je sais qu'il va la donner à sa poulette, et que ça lui rapportera autant qu'une bague de 125 dollars : il y gagne, lui, 122 dollars. Qui, de nous deux, est le plus grand filou ?

« – Et quand tu vends à une pauvre femme une pincée de sable pour un demi-dollar, soi-disant pour empêcher sa lampe de faire explosion, dit Bassett, à combien estimes-tu son bénéfice brut, à elle ?

« – Écoute, dis-je. Je lui recommande de tenir sa lampe propre et de la remplir avec précaution. Si elle le fait, il n'y aura pas d'explosion. Et s'il y a du sable dedans, elle est persuadée que tout danger est écarté, et elle ne se fait plus de bile. C'est une espèce de Christian Scientisme Industriel. Ça lui coûte un demi-dollar, mais en même temps que le sable elle reçoit la paix de l'âme. Et c'est une chose qui coûte au moins aussi cher que le pétrole sur le marché de la Finance.

« Quant à Ricks, c'est tout juste s'il ne lèche pas la poussière qui couvre les souliers de Bill Bassett.

« – Mon cher jeune ami, dit-il, je n'oublierai jamais votre générosité. Le Ciel vous récompensera. Mais, si vous permettez, je voudrais vous, implorer de renoncer à vos procédés violents et criminels.

« – Enfant de souris, répond Bassett, rentrez, dans votre trou. Vos dogmes et exhortations me font l'effet des dernières paroles d'un pneu crevé. À quoi vous a conduit votre système perfectionné de pillage avec ascenseur et moralité ? Au dénuement et à la misère. Même le frère Peters, qui insiste pour la contamination de l'art kleptomanique au moyen de théories commerciales et économiques, reconnaît qu'il était dans le bain. Vous vivez tous les deux selon les principes dorés sur tranche. Frère Peters, continue Bill, tu ferais mieux d'accepter une tranche de ce pâté de monnaie : c'est de bon cœur.

« Une fois de plus, je dis à Bill Bassett de remettre son argent dans sa poche. Je n'ai jamais eu pour les brigands l'admiration qu'ils inspirent généralement dans la profession. J'ai toujours donné quelque chose en échange de l'argent que je prenais, même si ce n'était qu'une babiole, ou un souvenir, pour les inciter à prendre garde de ne pas se faire attraper une seconde fois.

« Et alors Alfred E. Ricks plonge la tête de nouveau jusqu'aux pieds de Bill et nous dit adieu. Il nous confie qu'il va louer une carriole dans une ferme et se faire conduire à la gare où il prendra le train pour Denver. L'atmosphère devint plus salubre aussitôt que cette immonde chenille fut partie. Cet homme déshonore les professions libérales de notre pays. Avec toutes ses grandes combines et ses somptueux bureaux, il en arrive à ne même plus être capable de se procurer un honnête repas, qu'il ne doit finalement qu'à la serviabilité d'un brigand étranger et peut-être pas très scrupuleux. Je fus heureux de le voir partir, bien qu'il me fit un peu pitié, maintenant qu'il était ruiné pour toujours. Qu'est-ce qu'un homme comme ça peut faire, s'il n'a pas un gros capital comme instrument de travail ? Alfred E. Ricks, quand il nous quitta, était aussi impuissant qu'une tortue retournée sur le dos. Il n'aurait même pas pu inventer une combine pour barboter le crayon d'une petite écolière !

« Quand nous sommes seuls, Bill Bassett et moi, je commence à ruminer dans ma tête un petit stratagème orné de l'un de ces appendices commerciaux dont je possède le secret exclusif et breveté. Je vais montrer, me dis-je, à ce cambrioleur la différence qui existe entre les Affaires et le Travail. Il avait un peu égratigné mon amour-propre professionnel en aspergeant de ses ironies la branche économique et commerciale.

« – Monsieur Bassett, dis-je, je ne veux pas accepter la moindre tranche de cet argent. Néanmoins, si vous consentez à payer mes frais de voyage jusqu'à ce que nous soyons sortis de la zone dangereuse créée par le déficit immoral que vous avez infligé aux finances de cette ville, – je vous en serai obligé.

« Bill se déclare d'accord, et nous filons vers l'Ouest aussitôt que nous pouvons sauter dans un train sans risquer de nous faire coincer.

« Nous arrivons bientôt dans une petite ville de l'Arizona nommée Los Perros, et je suggère à Bill que l'endroit me semble propice pour tenter de nouveau notre chance sur le tapis vert. C'est là que vit maintenant Montague Silver, mon vieux maître, depuis qu'il s'est retiré des affaires. Je savais que Monty me commanditerait sans hésitation, si je pouvais lui montrer une mouche bourdonnant autour de ma toile d'araignée. Bill Bassett répond que toutes les villes sont pareilles pour lui, puisqu'il ne travaille que dans le noir. C'est ainsi que nous sautons du train à Los Perros, une belle petite ville dans la région des mines d'argent.

« J'ai une élégante et sûre petite combine toute prête, avec laquelle j'ai l'intention de knock-outer Bassett proprement. Je ne veux pas lui prendre son argent pendant son sommeil, — non ; je vais échanger contre un billet de loterie les 4 755 dollars qui lui restent. Mais la première fois que je lui parle d'une affaire susceptible de tripler son capital, il me débite une tranche de vocabulaire à peu près comme suit :

« – Frère Peters, dit-il, ce n'est pas une mauvaise idée que de monter une petite affaire, comme tu le suggères. Et effectivement, je crois que je le ferai ; mais dans ce cas, ce sera quelque chose de tellement féroce que seuls les types en dolman rouge de chez Barnum pourront entrer dans la cage.

« – Je croyais que tu voulais faire rouler ton argent, dis-je.

« – Il roule, dit-il, – tous les soirs. Je me retourne au moins cinquante fois par nuit en dormant. Écoute, frère Peters : je vais ouvrir une salle de jeux. Dans notre métier, il y a une chose que je n'aime pas beaucoup, c'est la routine, — comme par exemple de brocanter des ustensiles ménagers, ou de maquiller les molaires d'un cheval ou le livre-journal d'une société anonyme. Mais dans le jeu, dit-il, – il y a quelque chose de solide et de substantiel, et, quand on est du bon côté de la table, ça peut se comparer à une sorte de compromis entre le vol des cuillers en argent et la vente des encriers en étain au bazar de Charité du Waldorf-Astoria.

« – Alors, Mr Bassett, dis-je, vous ne désirez pas envisager une participation à ma petite affaire ?

« – Oh ! dit-il, ne te fatigue pas, frère Peters. Inutile de m'agiter l'asticot sous le nez, je n'ai pas envie de mordre.

« Le lendemain, Bassett loue une salle au-dessus d'un bar, et se met à la recherche d'un peu de mobilier et de quelques chromos. Le même soir, je me rends chez Monty Silver et il m'avance 200 dollars, au seul exposé de mes projets. Puis j'entre dans l'unique magasin de Los Perros qui possède un stock de cartes à jouer, et je l'achète – tout entier. Le lendemain matin, à l'ouverture du magasin, je suis là de nouveau, avec toutes les cartes » Je dis que mon associé m'a laissé tomber, qu'il a changé d'avis, – bref je désire rendre la marchandise. Le boutiquier me la reprend à moitié prix. J'ai perdu 75 dollars, – pour le moment.

« Mais pendant la nuit, j'ai marqué toutes les cartes, – une par une. Ça, c'est du travail. Le commerce allait avoir sa revanche et la farine que j'avais semée sur les flots allait bientôt produire une riche récolte d'éclairs au chocolat et de savarins à la crème pâtissière.

« Bien entendu, je suis l'un des premiers attablés au poker chez Bill Bassett. Il avait acheté les seules cartes qu'il avait pu trouver en ville, et je connaissais le dos de chacune d'elles aussi parfaitement qu'un pickpocket connaît les poches revolver des cent mille balauds qui gueulent le nom du vainqueur au Derby de Saratoga, sans faire attention à ce qui se passe par derrière.

« À la fin de la partie, les cinq mille dollars de Bill sont passés dans ma poche. Tout ce qui lui reste, c'est une envie de voyager, et un chat noir qu'il a acheté pour lui servir de mascotte. Bill me dit adieu et me serre la main.

« – Frère Peters, dit-il, les affaires ne sont pas mon affaire. Je suis prédestiné au travail manuel. Quand un cambrioleur de première classe essaye de faire le monsieur avec son monseigneur, il commet une erreur judiciaire. Tu sembles posséder un système de veine au jeu particulièrement efficace et bien huilé, dit-il. La paix soit avec toi. » – Je n'ai jamais revu Bill Bassett après ça.

– Hé bien, Jeff, dis-je, quand le disciple d'Autolycos me parut avoir sécrété tout le suc de son récit, j'espère que vous avez pris soin de cet argent. Ce serait là un capital respecta... considérable à faire fructifier si vous vous décidiez un jour à vous établir dans une affaire stable et régulière.

– Moi ? dit Jeff d'un ton vertueux. Vous pensez si j'ai pris soin de ces 5 000 dollars.

Il tapota joyeusement sa poitrine, du côté gauche, qui semblait particulièrement bien rembourré.

– Actions de mines d'or, m'explique-t-il, j'ai tout mis là-dedans. Un dollar le titre au pair. Forcé de grimper de 500 pour 100 dans un an. Exempt d'impôts, aussi. La Blue Gopher Mine, – découverte il y a un mois à peine. Vous feriez bien d'en acheter si vous aviez quelques dollars disponibles.

– Ces mines-là, dis-je, ne sont pas, dans certains cas, très...

– Oh ! celle-là est aussi solide qu'un vieux chêne ! dit Jeff. Cinquante mille dollars du minerai le plus opulent à fleur de terre, – et 10 pour 100 d'intérêt mensuel garanti.

Il extirpa une longue enveloppe de sa poche et la posa sur la table.

– Je la porte toujours sur moi, dit-il. Comme ça elle est à l'abri des assauts du financier et de la corruption du cambrioleur.

J'examinai curieusement le certificat superbement imprimé, gravé, illustré...

– Mine du Colorado, dis-je. Et... à propos, Jeff, comment donc s'appelait ce petit bonhomme que Bassett et vous avez rencontré, vous savez, celui qui prit le train pour Denver ?

– Alfred E. Ricks, répond Jeff, si c'est de ce crapaud-là que vous voulez parler.

– C'est bien ça, dis-je. Mais, – je vois que le président de cette société minière signe : A. L. Frédéricks. Je me demande...

– Quoi ? clame Jeff du ton d'un fox-terrier en état d'alarme. Faites-moi voir ce papier, ajoute-t-il, en me l'arrachant presque des mains.

Pour dissimuler, tant soit peu, mon embarras, j'appelai le garçon et commandai une seconde bouteille de Barbera. C'était le moins que je pusse faire.

III

Un Miracle à Wall-Street.

C'est à Kansas-City que mon nerf optique fut perturbé pour la première fois par l'image de Buckingham Skinner. Je me trouvais au coin d'une rue, quand je vois Buck pencher sa tête aux cheveux couleur de maïs à une fenêtre du troisième étage, dans un immeuble commercial, et pousser une sorte de beuglement dans le genre de « W-hôôô ! Là ! W-hôôô ! » comme quelqu'un qui s'efforce de civiliser un attelage de mules sauvages.

Je jette un coup d'œil autour de moi ; mais je ne vois aucun animal dans les environs, si ce n'est un policeman qui fait cirer ses souliers et une paire de voitures de livraison sans chevaux. Une minute plus tard, voilà mon Buckingham Skinner qui dégringole l'escalier, sort, court jusqu'au coin de la rue, s'arrête et scrute l'horizon dans le but ostensible d'apercevoir la poussière fictive soulevée par les sabots fabuleux de ses quadrupèdes chimériques. Puis il retourne à son troisième étage, et c'est alors que je lis sur l'enseigne le titre du magasin : « Crédit Agricole des Amis du Fermier ».

Quelques instants plus tard, voilà mon Poil-de-maïs qui reparaît, – et je traverse la rue pour aller à sa rencontre, car j'ai ma petite idée au sujet de son exhibition. Oui, Monsieur, plus je m'approche de lui et plus je suis convaincu qu'il y a quelque chose qui cloche dans son maquillage. Il a l'air d'un parfait pédzouille si l'on en juge par sa chemise bleue et ses bottes en peau de vache ; mais il a des mains de jeune premier, et le brin de paille qui se balance au-dessus de son oreille droite semble tout frais émoulu du magasin d'accessoires du théâtre lyrique de Chottawampee. Je ne pus résister à la curiosité de savoir quelle était sa combine.

— C'est votre attelage qui vient de casser sa longe et de se trotter ? demandé-je poliment. J'ai essayé de l'arrêter, mais vainement. Ils doivent être presque rendus à la ferme maintenant...

— L'diab'e emporte ceux sacrées mules ! s'écrie Poil-de-maïs avec un accent si parfait que je fus sur le point de m'excuser. All's arrêtent pas d'fouté le camp !

Puis il me dévisage attentivement, ôte son chapeau parsemé de fourrage, et reprend d'une voix naturelle :

— Enchanté de rencontrer Jeff Peters, le plus grand camelot de l'Ouest, – exception faite pour Montague Silver, soit dit sans vous offenser.

— C'est lui qui a fait mon éducation, dis-je, en lui serrant la main. Je lui accorde volontiers le numéro un. Mais quelle est ta combine mon fils ? J'avoue que la fuite imaginaire des animaux-fantômes que je t'ai entendu interpeller du haut du décor du troisième acte m'a un peu intrigué. Qu'est-ce que tu gagnes à ce truc-là ?

Buck Skinner rougit.

— Argent de poche, dit-il, – c'est tout. Suis temporairement désargenté. Ce petit coup de la paille sur l'oreille vaut 40 dollars dans une ville de cette importance. Comment j'opère ? Oh ! c'est très simple : je m'englobe, comme vous voyez, dans l'appareil répugnant du cul-terreux intégral. Ainsi embaumé, je deviens Jonas Stubblefield, – épithète essentiellement rural – et j'exécute une irruption bruyante dans les bureaux d'une institu-

tion de crédit agricole, convenablement situés au troisième
étage sur rue. Là, je pose mon chapeau et mon fouet par terre, et
je demande à hypothéquer ma ferme pour 2 000 dollars, – afin
de pouvoir commanditer l'éducation musicale de ma sœur en
Europe. Les institutions de crédit affectionnent ce genre de
prêt : neuf fois sur dix, quand l'échéance arrive, le débiteur est
en retard de mille dollars et dix mille double-croches, et adieu la
masure.

« Alors, je cherche dans ma poche pour exhiber le titre de
propriété ; mais à ce moment, j'entends mon attelage se cavaler.
Je cours à la fenêtre et pousse l'exclamation adéquate qui a
frappé vos sagaces oreilles ; puis je me précipite dans l'escalier,
et dans la rue, – et je reviens quelques instants plus tard, en disant : « Ceux sacrées mules ont foutu l'camp, en m'cassant
l'timon et les deux traits. Maint'nant faut que j'rentre à pied, –
dame ! j'ons point apporté « d'argent su'moé. J'parl'rons de
c't'emprunt une aut'foué, à r'vouer la compagnie ! »

« Puis j'étends (fictivement) ma couverture pour récolter la
manne qui va tomber.

« – Mais non, Mr Stubblefield, dit l'orateur de la bande, celui qui a des lunettes, des joues de homard et un gilet de blanc
d'œuf, – mais non, – permettez-nous de vous prêter ces dix dollars jusqu'à demain : faites réparer vos harnais et venez à dix
heures. Nous serons heureux de vous donner satisfaction pour
ce petit emprunt.

« C'est une babiole, dit Buck Skinner modestement, mais
ainsi que je vous en ai informé, il ne s'agit que d'un peu d'argent
de poche, en attendant mieux.

– Il n'y a pas de quoi s'excuser, dis-je pour adoucir sa mor-
tification. Naturellement, c'est peu de chose comparativement à
l'organisation d'un trust ou d'un bridge mondain, – mais

l'Université de Chicago elle-même était mince et fluette lors de sa fondation.

– Quelle est votre combine actuelle ? me demande Buck Skinner.

– Tout ce qu'il y a de plus légitime, dis-je. Je vends des pierres de lune-améthystes, et le vibro-pulseur du Dr Mac-O'Rha, et l'horloge suisse avec coucou chanteur, garantie vingt-cinq minutes, – et enfin la Pochette Eldorado, consistant en une bague de fiançailles et divorce, en or étamé, six oignons de lotus égyptien, une fourchette de campement pouvant servir de cure-ongles, et cinquante cartes de visite gravées à des noms diffé-rents, – le tout pour 19,50 – comptant.

– Il y a deux mois, réplique Buck, je prospérais passable-ment dans le sud du Texas, au moyen d'un allume feu instanta-né, breveté et composé d'un mélange de benzine et de cendres de bois. J'ai vendu des tonnes de ce produit dans les villes où ils aimaient à rôtir les nègres rapidement, sans avoir à demander du feu à quelqu'un. Et juste au moment où je fais le maximum, voilà qu'ils trouvent un puits de pétrole dans les environs, et aussitôt mes affaires périclitent. « Votre truc est trop lent, mon vieux, maintenant, me disent-ils. On peut envoyer un négro en enfer avec ce pétrole en dix fois moins de temps qu'il n'en fau-drait avec votre vieux briquet, pour l'obliger à se confesser au curé. » Alors je laisse tomber l'allumeur et rapplique à Kansas-City. Ce petit lever de rideau que vous m'avez vu exécuter, Mr Peters, avec la ferme fantôme et l'attelage idem, n'est pas du tout dans mes cordes, et je suis confus que vous m'ayez surpris en train de...

– Bon ! Bon ! dis-je, il n'y a pas de quoi avoir honte ; aucun homme dans la dèche ne peut rougir d'avoir fichu dedans une institution de crédit, même s'il ne s'agit que de dix malheureux dollars. Toutefois, je dois dire que ce n'est pas tout à fait correct ; ça rappelle un peu trop l'ami fidèle qui vous emprunte de l'argent avec la ferme intention de ne jamais vous le rendre.

Ce Buckingham Skinner me plut tout de suite ; c'était l'un des meilleurs camelots qui aient jamais offensé l'acoustique des voies appiennes et rurales avec ses boniments. Nous ne tardons pas à devenir intimes, et je lui propose de l'associer à une entreprise que je mijote depuis quelque temps.

– Ma collaboration sera toujours acquise, dit Buck, à toute opération qui ne soit pas réellement malhonnête. Désossons un peu le squelette de votre proposition. J'éprouve un sentiment de dégradation à la pensée que j'ai dû me contraindre à porter une paille factice dans mes cheveux, et à emprunter dix dol... emprunter un aspect bucolique pour la misérable somme de dix dollars. Réellement, Mr Peters, c'est comme si on me faisait jouer Ophélie ou le Roi Frantz Lear dans la Troupe Lyrique de la Grande Tournée des Théâtres Ambulants.

Cette entreprise que j'avais en vue était l'une de celles qui s'accordaient le mieux avec mes inclinations. Je suis d'une nature un peu sentimentale, et j'ai toujours eu un faible pour les éléments lénifiants de l'existence. J'ai des dispositions à l'indulgence envers les arts et les sciences, et il y a même des moments où je me laisse aller à une certaine cordialité pour les produits les plus humains de la Nature, tels que le roman, l'atmosphère, l'herbe, la poésie et les saisons. Je ne dépouille jamais un homme ou un poisson sans admirer la beauté prismatique de ses écailles ; je ne vends jamais une petite babiole aurifère à un campagnard sans goûter la belle harmonie que forme l'or avec le vert. Et c'est pourquoi j'affectionnais ce projet, tant il était rempli de grand air, de paysage et d'argent facile.

Il nous fallait une jeune femme comme comparse pour effectuer cette opération. Je demande à Buck s'il en connaissait une qui pût faire l'affaire.

– Une, dis je, qui soit froide, sage et strictement « business », depuis sa permanente jusqu'à ses escarpins. Pas d'ex-danseuse-étoile, ni de demi-mondaine, ni de romancière, ni de championne de golf ou de bridge pour ce travail-là.

Buck assure qu'il connaît la femme idoine et nous allons en visite chez Miss Sarah Malloy. Elle me séduit au premier coup d'œil : c'est visiblement l'article demandé. Sympathique, esthétique et authentique. Deux *vraies* douzaines de printemps, de *vrais* cheveux blonds, et un *vrai* sourire agréable. Tout à fait ce qu'il nous faut.

– Lisez-moi le scénario, nous dit-elle.

– Hé bien, Miss Malloy, dis-je, notre petite combinaison est si gentille, si raffinée, si romantique que, comparée à elle, la scène du balcon dans Roméo et Juliette aurait l'air d'une scène de sous-sol.

Nous développons le thème, et Miss Malloy nous accorde sa participation.

Elle nous confie quelle est heureuse de quitter sa place de sténo-dactylo-secrétaire dans l'agence immobilière qui la salarie actuellement et d'avoir enfin un emploi respectable.

Et maintenant voici comment nous avons opéré. Je commençai par fixer le thème au moyen d'une sorte de proverbe. Les meilleures combines du monde sont basées sur des maximes populaires, des psaumes, des proverbes, des fables d'Ésaü et autres extraits condensés de la nature humaine. Notre paisible petite filouterie avait pour base le vieux dicton : « Tout le monde aime un amant. »

Un soir, Buck et Miss Malloy arrivent au galop dans la cour d'une ferme et sautent tout pantelants de leur charrette anglaise. Elle est pâle, mais affectueuse, et se cramponne à son bras, – pendant toute la scène elle ne cesse pas de se cramponner à son bras. Et chacun peut voir que c'est un ange, – ou un lys, un lys grimpant de la variété à crampons. Ils racontent qu'ils viennent de se sauver, pour fuir des parents cruels, et se marier ; et ils demandent où l'on peut se procurer un homme du clergé.

– Morguié ! dit le fermier, y a point de curé plus près que l'Reverend Abels à 7 kilomètres d'l'aut'e couté d'Caney Creek ! »

La fermière essuie ses mains sur son tablier et dévore la scène à travers ses lunettes.

Et alors – ô miracle ! – Regardez : sur la route, venant de la direction opposée, apparaît, ballotté dans une carriole, un Jeff Peters vêtu de noir, cravaté de blanc, reniflant, toussant, et crachotant par intermittence une sorte de contrefaçon de vocables théologiques.

– Cré nom ! dit le fermier, v'la-t-y pas un curé qu'arrive !

Il se révèle que je suis le Rev. Abijah Green, qui se rend à l'école de Little Bethel pour le service religieux de dimanche prochain.

Les jeunes gens le pressent de les marier, car papa est à leur poursuite avec la fourragère et les chevaux de labour. Après quelques instants d'hésitation, le Révérend Green les marie dans le salon du fermier. Et le fermier esquisse une grimace polissonne, et fait monter du cidre en disant : « Cré nom de nom ! » et la fermière renifle à son tour, et tapote la jeune épousée sur l'épaule. Et Jeff Peters, le faux Révérend, fabrique un certificat de mariage, que le fermier et la fermière signent en qualité de témoins. Puis les acteurs, promoteurs et auteurs de la pièce montent en voiture et trottent sur la route derrière le rideau. Oh ! c'est une combine idyllique ! Du vrai amour, des vaches qui meuglent, du soleil sur les tuiles rouges, – le tas de fumier dans la cour, qui donne une vraie odeur locale, et la rose trémière qui répand une odeur morale, – rien n'y manquait, que la couverture illustrée et le catalogue publicitaire.

Je dois bien avoir ainsi marié Buck et Miss Malloy une vingtaine de fois dans vingt fermes différentes et non contiguës. Je répugnais à imaginer la façon dont le roman allait tourner au vinaigre plus tard, quand tous ces certificats de mariage seraient présentés, par les banques qui nous les avaient escomptés, aux fermiers qui les avaient signés, et qui auraient ainsi à payer des traites authentiques allant de 300 à 500 dollars.

Le quinzième jour de Mai nous partageons le magot : 6 000 dollars. Miss Malloy pleure presque de joie. Ce n'est pas souvent que l'on rencontre une jeune fille au cœur aussi tendre, et qui soit aussi parfaitement encline aux bonnes actions.

– Amis, dit-elle, en tapotant ses yeux avec un petit mouchoir, cette galette ne pouvait tomber plus à propos, – aussi à propos qu'une galette des Rois sur la table d'un sénateur démocrate le jour de la fête de la République. Je vais pouvoir enfin me réformer. Je commençais à chercher les moyens de m'évader du commerce immobilier et de l'industrie foncière lorsque vous m'êtes apparus. Mais si vous ne m'aviez pas englobée dans cet élégant petit stratagème breveté pour la décortiquation des planteurs de rutabaga, je crois que je serais encore tombée plus bas ; – oui, j'étais sur le point d'accepter une place de vendeuse dans l'une de ces « Unions Fédérales des Femmes Philanthropes pour la Fondation de Phalanstères ad usum des Dos fins et Fils de Famille Fourvoyés » ; oui, ma parole, j'allais débiter de la religion et de la bonté à cent francs le mètre !

« À présent je vais pouvoir m'établir dans une affaire loyale et honnête et laisser tomber toutes ces louches occupations. Je vais partir pour Cincinnati, et ouvrir un salon de chiromancie extra-lucide. Devenue Madame Saramaloi, la sorcière égyptienne, je fournirai à mes clients, moyennant un dollar, la dose convenable de prédictions et diagnostics. Adieu, mes amis. Croyez-moi, suivez mon conseil, et choisissez une bonne petite fraude respectable. Soyez copains avec la police et les journaux et tout ira bien.

Là-dessus, elle nous serre la main et nous quitte. Buck et moi prenons le départ de notre côté, et faisons un petit bond de deux ou trois cents milles ; car nous ne tenons pas à nous trouver dans les parages quand ces certificats de mariage arriveront à échéance.

Possesseurs de 4 000 dollars à nous deux, nous atterrissons dans cette petite bourgade fanfaronne de la Côte du New-Jersey qu'ils appellent New-York.

Avez-vous jamais contemplé une grande volière bourrée de geais ? – Il n'y a rien qui ressemble davantage à cette Ville-de-Roquets-sur l'Hudson. Cosmopolite, qu'ils la nomment. Tu parles ! Autant qu'un papier tue mouches. Écoutez-les bourdonner avec leurs pieds qui se trémoussent dans la glu : tout ce qu'ils trouvent à goualer, c'est : « Y a rien qui vaille le bon vieux New-York ! »

Il défile dans Broadway assez de jobards en une heure pour payer la production hebdomadaire de l'usine d'Augusta, Maine, qui fabrique les pères la Colique, les épingles de cravate à seringue, les boules puantes et les poils à gratter.

Vous seriez tentés de croire que les habitants de New-York sont tous affranchis : mais non. Ils n'ont aucune chance de s'instruire. Tout est trop comprimé, depuis ce qu'ils croient être des cerveaux, jusqu'aux colis à deux pattes du métro. Mais peut-on attendre autre chose d'une ville qui est séparée du monde par l'Océan d'un côté, et par New-Jersey de l'autre ?

Ce n'est pas un endroit pour un honnête combinard nanti d'un modeste capital. Il y a des tarifs protecteurs trop élevés sur la filouterie. Même les tout petits filous, comme Giovanni, qui vendent des châtaignes véreuses, avec les asticots cuits à point à l'intérieur, sont obligés de payer un demi de temps en temps à un flic insectivore. Et le caissier de l'hôtel vous fait payer double tarif sur la note pour tout ce qu'il envoie par la voiture de la police à l'autel où le duc est en train d'épouser l'héritière.

Mais la vieille Nouvelle-York est la bourgade idéale pour un coup de piraterie raffinée si vous pouvez payer les droits d'entrée sur le vol. Les combines importées rapportent gros. Les douaniers qui veillent sur elles portent des casse-têtes, et il est dur d'introduire en contrebande la moindre innocente escro-querie si vous ne payez pas les droits. Mais Buck et moi, lestés de capital, faisons tranquillement une descente sur New-York, pour essayer de troquer, auprès des sauvages métropolitains, de la verroterie contre des lotissements, tout comme firent les Van-den-Phuit il y a deux ou trois cents ans.

Dans un hôtel d'East Side, nous faisons la connaissance de Romulus G. Atterbury, – un homme qui possède la plus belle tête que j'aie jamais vue pour les opérations financières, – une bille chauve et luisante, avec des favoris grisonnants. Rien qu'en regardant une tête comme ça derrière les barreaux d'une caisse, on déposerait un million sans exiger de reçu. Cet Atterbury était bien habillé, bien qu'il lui arrivât souvent de ne pas manger ; et l'épitome de sa conversation aurait contraint la plus persuasive des sirènes à se suicider de dépit. Il avait été, nous dit-il, membre du Stock Exchange, mais un groupe de gros capita-listes, jaloux de ses succès, formèrent contre lui une cabale qui le força d'abandonner son siège.

Atterbury se prit d'affection pour Buck et moi-même, et il se mit à nous exposer quelques-unes des combinaisons qui lui avaient fait perdre ses cheveux. Je me souviens d'un projet de fondation d'une Banque Nationale au capital de 45 dollars qui aurait coupé le sifflet au Chef des Flics de garde au Ministère des Finances. Pendant trois jours il ne cesse de nous inonder avec son Niagara de vocabulaire ; et lorsqu'il commence à devenir aphone, nous en profitons pour le mettre au courant de nos disponibilités. Aussitôt il nous emprunte 10 cents, sort pour acheter des pastilles pectorales et revient nous asperger de plus belle. Cette fois, il monte un échelon et s'emballe tellement sur ses inventions qu'il finit par y croire lui-même. Enfin, il exhale une péroraison qui nous a tout l'air d'un gagnant certain et il nous passe le lasso autour des oreilles, à Buck et à moi, et nous décidons de miser notre capital sur son coffre à idées. À vrai dire, ça nous paraît une combine tout en or, – juste aux confins de la légalité, mais à cinquante centimètres à l'intérieur, et aussi fertile en dollars que l'Imprimerie de la Banque Fédérale. C'est exactement ce que Buck et moi désirons, une affaire régulière dans un local permanent, – nous sommes fatigués du commerce au grand air, avec laryngite et changement d'adresse tous les soirs.

Six semaines plus tard, vous auriez pu constater que la faune et la flore des environs de Wall-Street s'étaient enrichies d'un spécimen supplémentaire, avec bureaux richement meublés et un titre en lettres dorées sur la porte : « The Golconda Gold and Investment Company ». Et si vous aviez pénétré à l'intérieur, vous auriez entrevu par la porte ouverte de son bureau particulier, Mr le Secrétaire et Trésorier Buckingham Skinner, vêtu de noir corbeau et sous-vêtu de blanc lilial, avec son chapeau haut-de-forme à portée de la main. Personne encore n'a jamais vu Buck s'éloigner de son chapeau de plus d'un demi-yard.

Et vous auriez aussi aperçu Mr le Président-Directeur-Général R. G. Atterbury, avec son crâne soigneusement poli, occupé à dicter des lettres, dans le bureau principal, à une aristocratique secrétaire, dont les manières raffinées et la coiffure élégante sont une vraie garantie pour les clients.

Il y a encore un comptable et un autre employé, ainsi qu'une atmosphère générale de vernis et de culpabilité.

Mais si vous considérez maintenant le bureau du fond, votre rétine sera réjouie par l'image d'un homme ordinaire, vêtu avec une simplicité sans scrupules, assis dans un fauteuil avec ses pieds sur la table, et son chapeau agressif sur l'occiput, – et mangeant des pommes. Cet homme n'est autre que le Colonel Tecumseh (ex Jeff) Peters, le vice-Président de la Société.

– Pas de travesti pour moi, avais-je dit à Atterbury alors qu'il organisait la mise en scène de l'escroquerie. Je suis un homme simple, dis-je, et je ne me sers jamais de pyjamas ni de faux-cols en verre cathédrale. Donnez-moi le rôle de l'illustre rustre lacustre, ou alors je ne joue pas. Si vous pouvez m'utiliser au naturel, faites-le : sinon, je reste dans la coulisse.

– Vous travestir ? avait répondu Atterbury. Jamais de la vie ! Tel que vous voilà, vous êtes plus précieux pour l'affaire qu'une pleine chambrée de mannequins lardés de plastrons et de gardenias. Vous allez jouer le rôle du capitaliste, solide mais échevelé, du Far West. Vous piétinez les conventions. Vous possédez tellement de titres que vous avez le droit de mettre vos pieds sur le pupitre. Conservateur, simple, rude, roublard, économe, – voilà votre type. C'est un gagnant sûr à New-York. Laissez vos métatarses en l'air et mangez des pommes. Chaque fois qu'il entre un client, mangez une pomme. Et fourrez ostensiblement les épluchures dans votre tiroir. Ayez l'air aussi économe, riche et rugueux que vous pourrez.

Je suivis les conseils d'Atterbury. Je jouai le rôle du capitaliste des Montagnes Rocheuses, sans jabot ni manchettes de dentelle. La façon dont je déposais les épluchures de pomme à mon crédit dans le tiroir-caisse aurait rendu jaloux le Conservateur du Jardin public de New-Orléans. Je pouvais entendre Atterbury disant à ses victimes, en souriant avec indulgence et vénération : « C'est – notre vice-Président, le Colonel Peters... fait fortune dans l'Ouest... manières délicieusement simples... pourrait signer un chèque d'un demi-million... naïf comme un enfant mais... cerveau extraordinaire... conservateur et soigneux jusqu'à la manie... »

Atterbury dirigeait l'exploitation. Buck et moi ne comprîmes jamais très bien en quoi elle consistait, bien qu'il nous l'eut exposée plusieurs fois. Ça ressemblait à une espèce de coopérative, et chaque actionnaire avait une participation dans les bénéfices. Nous, les membres du Conseil, commençâmes par acheter la majorité des actions – c'est une tradition indispensable – à un demi-dollar la centaine, – c'était le prix que ça nous avait coûté chez l'imprimeur. Le reste était vendu au public à un dollar le titre. La Société garantissait aux actionnaires un bénéfice mensuel de 10 pour cent, payable à la fin de chaque mois.

Quand un actionnaire en avait acheté pour 100 dollars, la Société lui établissait une « obligation en valeur-or », et il devenait un obligataire. Je demandai un jour à Atterbury quels profits, sécurités et privilèges ces obligations représentaient pour le client qui les recevait par rapport à celui qui ne détenait que de simples actions. Atterbury saisit l'un de ces talismans, tout doré, fignolé, calligraphié, et scellé d'un grand cachet rouge avec un ruban bleu d'un demi-yard, et il me regarda d'un air attristé comme si je l'avais offensé.

– Mon cher Colonel Peters, dit-il, vous n'avez pas l'âme d'un artiste. Pensez un peu aux milliards de foyers que va rendre heureux la possession de ces impeccables joyaux de la science lithographique. Pensez à la joie de la famille lorsqu'elle contemplera l'une de ces obligations pendue par une corde rose à l'étagère du salon, ou joyeusement mastiquée par le bébé qui batifole sur le parquet ! Ah ! Je vois que vos yeux s'humectent, Colonel – vous êtes touché, n'est-ce pas ?

– Non, dis-je, – pas même douché. Ce que vous prenez pour des larmes n'est que du jus de pomme. On ne peut pas demander à un homme d'être à la fois un pressoir à cidre et un connaisseur en art.

C'est Atterbury qui veillait aux détails de l'entreprise. Autant que j'y aie compris quelque chose, c'était assez simple. Les souscripteurs versaient leur argent, et, – et c'est à peu près tout ce qu'ils avaient à faire. La Société l'encaissait, et – je ne me rappelle pas qu'il y eut autre chose. Buck et moi nous entendions mieux à faire le camelot qu'à jouer au financier ; néanmoins nous ne pouvions nier que la Golconda Gold Bond Investment Company ne fût une sirène à capitaux de première classe. Vous encaissez une certaine somme, et vous rendez dix pour cent à l'acheteur : n'importe quel élève de l'école du soir vous dira que vous réalisez ainsi un bénéfice net et légitime de 90 pour 100, moins les frais généraux, tant que le poisson continue à mordre.

Atterbury aurait voulu être à la fois Président et Trésorier. Mais Buck me cligne de l'œil et lui dit : « Nous avons fourni le capital, et vous le cerveau. Est-ce que c'est un travail de cerveau que de percevoir l'argent à la porte ? Réfléchissez un peu, voyons ! Je me nomme moi-même Trésorier, à l'unanimité et par acclamations. J'accomplirai ce surcroît de labeur sans surcroît d'appointements. Buck et moi sommes mariés avec cette Société sous le régime de la communauté aux acquets. Beati sacrées femmes ! Amen !

Le loyer et le mobilier nous avaient coûté 500 dollars. L'imprimeur et les publicistes nous prirent 1 500 dollars de plus. Atterbury connaissait son affaire.

– Trois mois, dit-il. Ça durera trois mois, pas une seconde de plus. La minute suivante, il faudra déguerpir. À cette époque nous devrions avoir récolté environ 60 000 dollars. Et alors à moi la cabine de 2ᵉ classe, la perruque noire et le pseudonyme !

C'est la publicité qui fit tout le travail. J'avais préconisé les hebdomadaires provinciaux et les petits journaux de campagne. Mais Atterbury haussa les épaules d'un air commisératif.

– Mon pauvre ami, dit-il, avec un agent de publicité comme vous une fabrique de Livarot risquerait fort de rester ignorée, obscure et introuvable, même par une chaude journée d'été. Le gibier que nous pourchassons est ici-même à New-York, à Brooklyn, et dans les bibliothèques publiques de Harlem. C'est pour ces types-là que sont faits les compresseurs du métro, les boniments des quotidiens et les petites annonces rédigées par les escrocs. Notre publicité doit être faite dans les plus grands journaux, en première page, à côté de l'éditorial sur les Balkans et juste au-dessous du portrait de la Venus qui essaye une gaine-corset.

L'argent ne tarde pas à rappliquer. Buck n'a pas besoin de faire semblant d'être occupé : son bureau est couvert d'un tas de chèques, d'ordres de virement et de billets de banque. Les bureaux sont pleins de clients tous les jours.

La plupart des actions se vendent par petites quantités, – 10 – 25 – 30 dollars, – mais surtout des parts de 2 et 3 dollars. Et le crâne chauve et inviolé du Président Atterbury brille d'enthousiasme et de démérite, tandis que le Colonel Tecumseh Peters, le rude mais vénérable Crésus de l'Ouest, consomme une telle quantité de pommes que les épluchures qu'il jette dans sa boîte à ordures en acajou débordent sur le bureau.

Exactement comme Atterbury l'avait prévu, nous fonctionnons environ trois mois sans accrocs. Buck encaissait la monnaie avec dextérité et allait la stocker tous les soirs dans un coffre à quelques centaines de mètres des bureaux ; – pas de compte courant pour Buck, ça ne vas pas assez vite quand on veut retirer les fonds dans les cas urgents. Nous payons régulièrement et honnêtement les intérêts sur les actions vendues, de sorte que personne ne trouve rien à redire. Nous avions près de 50 000 dollars en caisse, et nous menions tous les trois la grande vie, comme des champions de boxe retirés des affaires.

Un après-midi, Buck et moi rentrons au bureau après déjeuner, luisants et pétulants de graisse et de satisfaction. Dans le couloir, nous croisons un type à l'allure dégagée, avec une certaine lueur dans l'œil et une pipe dans la bouche. Nous entrons dans le bureau et trouvons Atterbury aussi flasque et déconfit que s'il était resté une heure sous une averse en attendant l'autobus.

– Vous connaissez ce type-là ? nous demande-t-il.

– Non, répliquons-nous. Qu'est-ce qu'il a fait ?

– Je ne le connais pas non plus, dit Atterbury. Mais je parierais cent-mille « obligations valeur-or » contre un diamant en pâte à bouteilles que c'est un journaliste.

– Qu'est-ce qu'il voulait ? demande Buck.

– Des renseignements, dit le Président. Dit qu'il avait l'intention d'acheter quelques actions et me pose environ neuf cents questions, toutes plus douloureuses les unes que les autres. Je suis sûr que c'est un reporter. Je ne peux pas m'y tromper. Quand je vois un type négligé quant à sa garde-robe, avec des yeux en vrille, une pipe aussi mal culottée que lui, et qui en sait plus long que Pierpont Morgan et Shakespeare accouplés ensemble, – si ce n'est pas un reporter, je suis prêt à entrer comme client dans une maison rivale. Je ne crains pas les détectives, publics ou privés, – je leur parle pendant 8 minutes et après je leur vends une action – mais un reporter, – ça me fait l'effet d'un sorbet glacé dans le cou un soir d'hiver. C'est bien ce que je craignais depuis le début. Camarades, je suis d'avis que nous déclarions un dividende, suivi d'une éclipse totale. Croyez-en le conseil de l'astrologue.

Buck et moi nous efforçons de rassurer Atterbury, et nous réussissons à stopper sa transpiration et sa fébrilité ; ce garçon ne nous a pas fait l'effet d'un reporter. Un journaliste, ça tire un crayon et un carnet, ça vous raconte des histoires qui étaient drôles du temps de Ménélas et ça vous invite à lui payer à boire. Néanmoins Atterbury reste nerveux et agité toute la journée.

Le lendemain, Buck et moi sortons de l'hôtel vers 10 heures pour nous rendre au bureau et nous achetons les journaux comme d'habitude. Et la première chose qui nous saute aux yeux en page n° 1 est une colonne de style, largement titrée, et entièrement consacrée à notre petite supercherie. C'était une honte de voir la façon dont ce reporter insinuait que nous n'étions nullement apparentés avec l'autre Atterbury – H. G. Silas W. Atterbury – celui qui vend des rails à Philadelphie. Il décrit avec aisance et sans réticences ses impressions personnelles sur notre petite affaire, dans un style alerte et familier, parfaitement divertissant pour tous ses lecteurs, – sauf pour nos actionnaires. Atterbury avait raison ; il est grand temps, pour le trésorier, le président et le vice-président de la Golconda Gold Bond and Investment Company de se trotter précipitamment s'ils veulent jouir en paix de l'existence et de la liberté.

Buck et moi nous hâtons vers les bureaux. Nous trouvons dans l'escalier et le couloir une foule de gens agités qui s'écrasent devant la porte ; la salle de réception est déjà pleine à craquer. Tous ont en mains des actions ou des « obligations valeur-or » de la Société. Buck et moi supposons aussitôt qu'ils ont dû lire les journaux, eux aussi.

Nous faisons halte et considérons nos actionnaires avec une certaine surprise. Ce n'est pas tout à fait le genre de clients que nous nous étions imaginés. Ils ont tous l'air de pauvres gens ; il y a des vieilles femmes et des jeunes filles, vraisemblablement des ouvrières d'usine ; il y a des vieillards, des invalides de guerre, et aussi un grand nombre de jeunes gens, des vendeurs de journaux, des grooms, des cireurs de bottes ; il y a des ouvriers en cotte bleue, avec leurs manches retroussées. Aucun d'eux ne ressemble à un propriétaire d'actions, à moins que ce ne soient des actions de marchands de marrons. Mais ils ont tous notre papier dans les mains et ils paraissent tous aussi décomposés qu'on peut l'être après avoir lu un pareil éditorial.

Je regarde Buck, qui regarde la foule, et je vois son visage se colorer d'une drôle de pâleur. Il s'avance vers une femme au teint maladif et lui demande :

– Vous êtes actionnaire, Madame ?

– J'en ai pris pour cent dollars, dit-elle d'une voix éteinte. C'est tout ce que j'avais pu mettre de côté dans l'année. Un de mes enfants est mourant à la maison et il ne me reste pas un cent. Je suis venue pour voir si je ne pourrais pas retirer un peu d'argent, contre les titres. Les circulaires disaient qu'on pouvait se faire rembourser à n'importe quel moment. Mais maintenant on dit que je vais tout perdre...

Il y avait un gentil petit gosse dans la foule – un petit vendeur de journaux apparemment.

– J'en ai acheté 25, M'sieu ! dit-il en jetant un regard plein
d'espoir sur le chapeau de soie et la redingote de Buck. Y m'ont
payé 2 dollars et demi d'bénéfice dessus. Mais y en a qui
m'disent qu'y a qu'les fripouilles qui font ça. Dites, c'est vrai ?
Croyez-vous qu'y vont m'rendre mes 25 dollars ?

Quelques-unes des vieilles femmes pleuraient. Les petites
ouvrières étaient affolées ; elles avaient perdu toutes leurs économies, et par-dessus le marché, elles risquaient d'être sacquées
pour avoir manqué au travail de la journée !

Il y avait une jolie petite jeune fille avec un châle rouge qui
pleurait dans un coin comme si son cœur allait se dissoudre.
Buck s'approche d'elle et lui demande ce qu'il y a.

– C'est pas tant la perte de l'argent, dit-elle entre deux san-
glots, quoique j'aie mis deux ans à l'gagner. Mais – mais Jakey
voudra plus... m'épouser maint'nant ! Il-il va prendre Ro-Rosa
Steinfeld. J'connais mon Ja-Jakey. Elle a 400 dollars d'éco-
conomies à la caisse d'épa-pargne. Ahi ! Hi ! Hi ! Hôôô !...

Buck regarde autour de lui, toujours avec cette drôle
d'expression sur la figure. Et alors nous découvrons, appuyé
contre une colonne, dans le fond, ce journaliste de malheur, qui
fume sa pipe en nous dévisageant d'un œil alerte et brillant.
Nous nous dirigeons tous les deux vers lui.

– Si vous continuez comme ça, dit Buck, vous arriverez à
quelque chose dans la littérature. Jusqu'où voulez-vous pousser
la chasse à courre ? Avez un autre hallali en réserve dans la
poche-revolver ?

– Oh ! je suis venu assister – pfutt ! – à tout hasard –
pfutt ! – au développement des cir – pfutt ! – constances ! dit-il
en lançant des bouffées de tabac en l'air. C'est le tour des ac-

tionnaires maintenant. Il y en a qui pourraient déposer une plainte, vous savez ? Est-ce que ce n'est pas – pfutt ! – le panier à salades que j'entends ?... Non, c'est la limousine du vieux Docteur Whittleford, qui vient de faire son bridge sur le ventre – pfutt ! – d'un dyspeptique. – Oui, je crois que j'ai un certain don pour le style et le fait-divers.

– Attendez un peu, dit Buck, je vais vous servir quelque chose en fait de nouveauté.

Il fouille dans sa poche et me tend une clé. Je savais ce qu'il voulait dire, avant même qu'il parlât. Sacré vieux boucanier, je savais ce qu'il avait dans la tête ! Des types comme Buck, on n'en fait plus aujourd'hui.

– Jeff, dit-il en me regardant fixement, ne trouves-tu pas que cette petite supercherie n'est pas tout à fait dans nos cordes ? – Est-ce que nous tenons vraiment à ce que... Jakey épouse Rosa Feldbaum ?

– Adopté à l'unanimité, dis-je. Je reviens avec dans dix minutes. »

Et je pars dans la direction du coffre-fort.

Quelques instants plus tard, je suis de retour avec un gros paquet contenant tout l'argent jusqu'au dernier cent. Puis Buck et moi entraînons le journaliste vers une autre porte et pénétrons avec lui dans les bureaux du fond.

– Et maintenant, mon littéraire ami, dit Buck, prenez un siège, ne remuez plus, et je vais vous accorder une interview. Vous avez devant vous deux combinards de Combineville, Arkansas. Jeff et moi avons vendu en plein air des bijoux en cuivre, des lotions capillaires, des chansons, des cartes truquées, des drogues idem, des tapis d'Orient américains, des albums de famille, des pâtes à reluire et des idem à sucer dans toutes les villes de l'Ouest situées entre Old Point Comfort et la Golden Gâte. Nous n'avons jamais laissé échapper un dollar qui avait un petit air superflu. Mais jamais non plus nous ne nous sommes attaqués au petit tas de billon qui repose dans le bas de laine au milieu de la paillasse du pauvre. Il y a un vieux dicton, que vous connaissez peut-être, et qui dit que « Attila non kapout muscas », ce qui signifie que le vautour ne boulotte pas des mouches. Je reconnais qu'il est aisé de glisser de la boutique portative du camelot au bureau d'acajou du financier. Nous avons perpétré cette fatale glissade ; mais nous ne savions pas exactement ce qu'il y avait au fond du glacier. Si vous étiez tant soit peu sagace... mais non ; vous n'avez que la sagacité du New-Yorkais, qui consiste à juger un homme d'après son extérieur. C'est une erreur. Vous feriez mieux de regarder la doublure, et même la couleur de sa peau. En attendant le panier à salades, sortez donc votre petit bout de crayon et prenez des notes pour un second article humoristique dans votre journal.

Là-dessus Buck se tourne vers moi et dit :

— Tant pis pour Atterbury, — qu'il en pense ce qu'il voudra. Après tout il n'a jamais investi que son cerveau dans le coup et s'il s'en sort avec son capital intact il aura de la veine. Mais toi, Jeff, qu'en dis-tu ?

— Moi ? fis-je. Tu me connais, Buck. Je ne savais pas *qui* achetait les actions.

— Parfait, dit Buck. Et, par la porte intérieure, il pénètre dans la grande salle et regarde la foule qui essaye de se faufiler à travers les barreaux ; puis soudain il leur adresse une brève al-locution :

— Allons, les moutons, mettez-vous en ligne. On va vous rendre la laine. Ne poussez pas, alignez-vous, — j'ai dit en *ligne,* pas en pile. Madame, cessez ce bêlement. L'argent est à votre disposition. Hé ! fiston, ne grimpe pas après la grille, tes picaillons sont là ; et toi, ma poulette, sèche tes mirettes : tu ne perdras pas un radis. En *ligne,* dis-je. Jeff, viens ici ; fais les mettre en file indienne ; puis fais-les passer un par un, et sortir ensuite par l'autre porte.

Buck quitte sa jaquette, repousse son tuyau de poêle sur son occiput et allume un cigare d'un demi-yard. Puis il s'assied à une table avec le butin devant lui, bien ficelé par petits paquets. Je fais ranger les actionnaires, qui défilent un par un devant la caisse : et le journaliste les fait sortir dans le couloir par la porte latérale. À chacun, Buck reprend actions et obligations et les rembourse en espèces, ric-rac.

Les actionnaires de la Golconda Gold Bond Company osent à peine en croire leurs yeux. C'est tout juste s'ils n'arrachent pas l'argent des mains de Buck. Quelques-unes des femmes continuent à gémir, car c'est la coutume du sexe de geindre quand elles ont du chagrin, de pleurer quand elles ont de la joie et de verser des larmes quand elles n'ont ni l'un ni l'autre.

Les mains des vieilles femmes tremblent quand elles fourrent l'argent dans les poches de leurs vêtements râpés ; les petites ouvrières poussent des éclats de rire hystériques en glissant le paquet de billets dans leur corsage.

Parmi ceux qui se lamentaient le plus fort, quelques instants auparavant, il y en a qui ont des spasmes de confiance restaurée et qui veulent laisser leur capital investi dans la société.

– Non, non, leur répond Buck, ramassez vos picaillons et trottez-vous. Ce n'est pas votre affaire de placer de l'argent en actions. Le vieux vase ébréché, ou le sommier du lit, voilà ce qu'il vous faut pour conserver votre magot de petits sous. »

Quand la jolie fille au châle rouge encaisse à son tour, Buck lui tend un billet de 20 dollars en plus.

– Cadeau de noces, dit notre trésorier, de la part de la Golconda. Et dites – si jamais Jakey met le nez du côté de chez Rosa Blumvogel, même à une distance respectueuse, je vous autorise à lui boulotter cinq centimètres de cartilage !

Quand tout le monde est payé et parti, Buck appelle le journaliste et pousse le reste de l'argent devant lui.

– Tenez, dit-il, c'est vous qui avez mis cette affaire en train, c'est à vous de la terminer. Là, derrière moi, vous trouverez les bouquins, avec le nom de tous les souscripteurs et le montant de leurs payements. Voici l'argent pour les rembourser ; tout y est sauf ce que nous avons prélevé pour subsister. C'est vous qui me remplacerez comme caissier ; et je suppose que vous ferez ça correctement, à cause de votre journal. C'est la meilleure façon que nous connaissions de régler la question. Moi et mon vice-président – il en a marre de bouffer des pommes – allons suivre l'exemple de notre vénéré président, – et nous éclipser. Et maintenant, je pense que vous avez assez de nouvelles aujourd'hui pour votre éditorial de demain, à moins que vous ne désiriez nous interwiever sur les propriétés de l'Élixir Vigogénique ou les perspectives de guerre civile en Amérique du Sud.

– Des nouvelles pour mon éditorial ! s'écrie le reporter en ôtant sa pipe de sa bouche. Non, mais, est-ce que vous croyez que j'ai envie de perdre ma place ? Une supposition que j'aille trouver le patron et lui raconte ce qui s'est passé : savez-vous ce qu'il va me répondre ? Non ? Eh bien, il me donnera un ticket d'entrée pour l'asile des loufoques, et me souhaitera une meilleure santé en me tapant paternellement sur l'épaule. J'aurais peut-être assez de culot pour leur proposer un canard où l'on verrait le serpent de mer serpenter dans Broadway en plein jour, mais je n'ai pas le cran de les affronter avec votre histoire.

Une bande de – (excusez-moi) – pirates remboursant les tickets d'entrée aux spectateurs ! Oh ! non, pas moi ! Je n'écris pas dans les journaux amusants.

– Vous ne pouvez pas comprendre ça, bien entendu, dit Buck la main sur le bouton de la porte. Jeff et moi ne sommes pas des Phinanciers comme ceux que vous fréquentez généralement. Nous ne nous sommes jamais permis d'escroquer de pauvres vieilles femmes, et des ouvrières, et de voler à des gamins les petits sous avec lesquels ils achètent des berlingots. Dans notre profession, à nous, on ne rafle que l'argent des hommes que le Seigneur a marqués pour l'abattoir, – les snobs, les oisifs, les crâneurs, les badauds, qui ont toujours quelques dollars à gaspiller, et les fermiers, qui seraient bien malheureux si nous ne venions pas jouer avec eux quand ils ont vendu leurs récoltes. Mais nous n'avons jamais songé à pêcher l'espèce de jobards qui mord ici. Non, Monsieur. Nous avons trop de respect pour la profession et pour nous-mêmes. Adieu, caissier !

– Hé ! dites ! s'écrie le reporter, attendez un peu ! Il y a un agent de change l'étage au-dessous, je vais lui demander de conserver le butin dans son coffre. Attendez-moi ! Je serais heureux de vous payer une tournée...

– Nous payer une tournée ? répète Buck, l'air solennel. N'essayez pas de leur faire croire, à votre journal, que vous nous avez proposé ça. Merci. Nous n'avons pas le temps. Adieu, écrivain.

Après ça, Buck et moi nous glissons dehors ; et voilà comment la Golconda Company tomba en liquéfaction sans le vouloir.

Si vous aviez voulu nous voir Buck et moi le lendemain soir, vous nous auriez trouvés dans un petit hôtel pouilleux, non loin de l'embarcadère du ferry-boat de West-Side. Nous sommes dans une petite chambre sur la cour, et je remplis au lavabo une centaine de flacons avec un mélange oxhydrique d'aniline et de cannelle, – ce sont la couleur et la saveur préférées du public. Buck fume avec satisfaction ; – il a troqué son chapeau haut de forme contre un feutre marron normal et décent.

– C'est une veine, Jeff, dit-il, en bouchant les flacons, que le père Brady ait bien voulu nous prêter son cheval et sa voiture pour huit jours. C'est court, mais c'est suffisant pour nous permettre de ramasser une bonne pincée. Cette lotion capillaire devrait se vendre comme des petits pains par-là dans le Jersey, – les calvities n'y sont pas populaires, à cause des moustiques.

Quelques instants plus tard, les travaux de laboratoire étant terminés, j'ouvre ma valise pour prendre des étiquettes.

– Plus de lotions capillaires, dis-je. Stock épuisé.

– Va en acheter, dit Buck.

Nous faisons l'inventaire de nos poches et le bilan révèle que nous avons juste de quoi payer l'hôtel et le ferry.

– Y a encore une centaine d'étiquettes d'Élixir antigrippal, dis-je.

– Qu'est-ce que tu demandes de mieux ? dit Buck. Colle-les dessus ! La saison des rhumes bat justement son plein dans les vallées du Hackensack. Et quelle importance ont les cheveux après tout ? Faut bien qu'ils tombent un jour ou l'autre !

IV

La Comédie des otages.

I

Je ne me suis jamais écarté que deux, fois, dit Jeff, du sentier régulier de la combine légitime. La première fois, c'est quand je vendis des actions de société anonyme ; et la deuxième – mais vous allez voir.

Moi et Caligula Polk, de Muskogee dans le pays des Creek, naviguions dans l'État mexicain de Tamaulipas, où nous dirigions une exploitation péripatétique de loterie et de pokerdice. Seulement, comme vous devez le savoir, la vente des billets de loterie au Mexique est une combine réservée au Gouvernement, tout comme la vente du tabac, des timbres-poste, des emprunts et des emplois publics dans certaines autres nations. J'ai connu un Français dans les Mines du Colorado, qui se vantait d'avoir vendu sept cent soixante-dix-sept mille places de percepteurs et de cantonniers pendant les trois ans qu'il était resté ministre, ou député, ou secrétaire de rédaction. Quoi ? Il n'y en a pas tant que ça ? Alors ça devait être des généraux, ou des militaires, ou des contrôleurs.

Bref, l'oncle Porfirio s'aperçoit qu'on fait concurrence à sa combine, et lâche sur nous ses *rurales*. C'est une sorte de police rustique et agreste. Mais n'allez pas la comparer au brave garde champêtre de nos campagnes, avec son pantalon de velours, sa casquette galonnée, sa plaque en argent étamé et ses sabots. Les

rurales – en somme, si vous prenez nos juges de la Cour su-
prême, que vous les mettiez en selle sur des broncos, que vous
les armiez de Winchesters, de sombreros à cottes de maille, et
de yatagans en guise d'éperons, vous en obtiendrez une contrefaçon approximative.

Quand les *rurales* galopèrent après nous, nous galopâmes
vers les États-Unis. La chasse à courre nous entraîna jusqu'à
Matamoras, où nous nous dissimulâmes dans une briqueterie.
La nuit venue, nous franchîmes le Rio Grande à la nage ; Caligula, distrait, tenait une brique dans chaque main. Il ne les lâcha
qu'en prenant pied sur le sol du Texas.

De là, nous émigrâmes à San Antone, puis à New Orléans,
où nous prîmes quelque repos. Et c'est dans cette métropole du
coton et autres produits de beauté que nous apprîmes à fré-
quenter certaines boissons inventées par les Créoles au temps
de Louey Cans, et qui sont encore servies dans l'arrière-
boutique. Tout ce que je puis me rappeler de cette ville, c'est que
Caligula et moi, et un Français nommé Mac-Cartof – attendez
un peu : Alfonso Mac Cartof – étions occupés à récupérer dans
le quartier français une partie de l'argent qui restait dû sur la
vente de la Louisiane, quand un type se met à gueuler que les
gendarmes sont en vue. Je me souviens vaguement d'avoir
acheté deux tickets de chemin de fer avec une précipitation né-
buleuse, et d'un type qui balançait une lanterne en criant : « En
voiture ! » Puis j'ai une vision obscure d'un compartiment de
troisième classe meublé de cinq locataires, dont l'un me loua
son épaule pour dormir. Ces boissons créoles sont efficaces.

Quand nous revenons sur la terre, nous nous apercevons
que notre point de chute est situé dans l'État de Géorgie, en un
lieu marqué d'un astérisque dans les indicateurs de chemin de
fer, ce qui signifie que les trains s'y arrêtent un jeudi sur deux,
quand le garde-barrière enlève un rail pour leur signaler qu'il y
a un voyageur ou une vache à embarquer. Nous nous réveillons

dans un hôtel en troncs d'arbre, au chant des fleurs et au parfum des oiseaux. Quoi ? Oui, Monsieur, car le vent frappait à nos volets à grands coups de tournesols aussi larges que des roues de charrette, — et le poulailler était sous nos fenêtres. Caligula et moi descendons au rez-de-chaussée et nous trouvons l'hôtelier en train d'écosser des pois sous le porche. C'est un homme de six pieds, sept fièvres et trois accès, avec un teint de chinois, bien qu'assez décoloré par ailleurs dans l'exercice de ses physionomies et inclinations.

Caligula, qui est un orateur de naissance, et de petite taille, malgré ses cheveux rouges et sa sensibilité fébrifuge, prend la parole :

— Camarade, dit-il, salut et mortalité. Ça ne vous ferait rien de nous dire dans quel motif nous sommes ? Nous savons pourquoi nous allons, mais nous n'arrivons pas à déterminer exactement la raison de quel endroit ?

— Eh ben, gentlemen, répond l'hôtelier, j'pensais ben qu'vous iriez aux renseignements ce matin. Vous êtes tombés du train d'neuf heures trente hier au soir, et vous étiez fins saouls vous aut'es deux. Oui, v'étiez pleins comme des boudins. J'peux vous dire qu'vous êtes maintenant dans la ville de Mountain Valley, dans l'État de Géorgie.

— Et surtout, réplique Caligula, n'ajoutez pas qu'il n'y a rien à manger...

— Asseyez-vous, gentlemen, dit l'hôtelier, et dans vingt minutes, j'vous fais servir le meilleur breakfast que vous puissiez trouver dans toute la Cité.

Ce breakfast apparut sous la forme de lard frit et d'un édifice jaunâtre dont la composition chimique tenait le milieu entre un couscous de sorgho et un pudding à la gélatine. L'aubergiste appelle ça un gâteau de froment d'avoine ; puis il exhibe une platée de cette pâture matutinale connue sous le nom de « purée de maïs » ; et c'est ainsi que Caligula et moi faisons la connaissance de cette célèbre nourriture qui permit à chaque Sudiste de flanquer une tournée à deux Yankees pendant quatre années entières.

– Ce qui m'épate, dit Caligula, c'est que les gars de Robert Lee n'ont pas pourchassé les Nordistes jusqu'à la baie d'Hudson. J'aurais été capable de ça, si on m'avait fait avaler cet ingrédient qu'ils appellent « ventrée-de-maïs ».

– Le cochon et le maïs, dis-je, sont les aliments favoris de cette région.

– Alors, dit Caligula, ils devraient bien les laisser ensemble. Ce monument est-il un hôtel ou une étable ? Ah ! si nous étions à Muskogee, dans la salle à manger de Saint-Lucifer, je te ferais voir ce que c'est qu'un breakfast ! Du filet d'antilope, et du foie de veau braisé, pour commencer ; et des côtelettes de chevreuil avec du *chili con carne,* et des beignets d'ananas ; et ensuite quelques sardines avec des cornichons ; et pour terminer une boîte de pêches au sirop avec une bouteille de bière. Tu ne trouveras jamais un menu comme ça dans tous les restaurants de l'Est.

– Trop copieux, dis-je. J'ai voyagé, et je n'ai pas de préjugés. Il n'y aura jamais de breakfast parfait tant qu'un homme n'aura pas les bras assez longs pour attraper en même temps son café à New-Orléans, ses croissants à Norfolk, sa tranche de beurre dans une crèmerie de Vermont, et son assiettée de miel dans une ruche de l'Indiana située à côté d'un champ de trèfle. C'est seulement alors qu'il pourrait déguster un repas qui s'approcherait un peu de l'ambre d'oasis que les dieux sirotent sur le mont Olympia.

– Trop éphémère, dit Caligula. En tout cas, il me faudrait quelque chose dans le genre d'un plat d'œufs au jambon, ou un civet de lapin pour servir de pousse-café. Qu'est-ce que tu verrais de plus édifiant et rituel comme menu d'un bon repas ?

– De temps en temps, dis-je, je me suis laissé aller à m'infatuer d'aliments fantaisie tels que rôtis de tortue, ortolans, salmis de homards, goyaves et canards à la mandarine ; mais, après tout, il n'y a rien pour moi qui vaille un bon bifteck braisé aux champignons, à la terrasse d'une auberge de Broadway, au son du métro et des autobus, avec un orgue de barbarie qui joue Tanhauser au coin de la rue, et les marchands de journaux qui gueulent le résultat complet des trois dernières batailles. Pour ce qui est du vin, donne-moi un authentique Chamberlin ou Saint-Émile-le-Lion. – Et voilà ce qu'on appelle un dîner chez les gastronomes.

– Possible, réplique Caligula ; j'ai entendu dire qu'à New-York on finit par devenir un connaisseur. Et quand on se balade avec un de ces étrangers que tu viens de nommer, on est bien forcé de commander des plats rupins.

– C'est la capitale des épicures, dis-je. Tu ne tarderais pas à te joindre à eux, si tu allais vivre là-bas.

– Possible, dit Caligula. Mais je ne crois pas. J'ai eu affaire à l'un d'eux une fois chez un coiffeur de San-Francisco ; et la façon dont il me chatouillait les pieds pendant que l'autre me grattait la figure m'en a dégoûté pour jamais.

Après le breakfast, nous sortons sous le porche, allumons chacun un des *flor de upas perfectos* de l'aubergiste et jetons un coup d'œil sur la Géorgie.

Le décor qui s'étale sous nos yeux ne nous semble pas particulièrement opulent. Aussi loin qu'on peut voir, il n'y a rien que des collines rouges crevassées de ravines, et mouchetées de bosquets de pins. La flore consiste surtout en buissons de ronce. À une vingtaine de kilomètres, dans la direction du Nord, on aperçoit une petite chaîne de montagnes relativement boisées.

Cette ville de Mountain Valley semblait avoir été piquée par la mouche tsé-tsé. Une douzaine de promeneurs, tout au plus, se baladaient sur les trottoirs ; mais ce qu'on voyait surtout, c'étaient des tonneaux de gouttières, de la volaille et des gamins qui fouillaient avec des bâtons dans les cendres produites par la combustion des décors du Théâtre de l'Oncle Tom.

Et juste à ce moment-là, voilà qu'il passe, de l'autre côté de la rue, un homme de haute taille, vêtu d'une longue redingote noire et d'un chapeau de castor. Toutes les personnes présentes s'inclinent, et traversent la rue pour aller lui serrer la main ; d'autres sortent des magasins et des maisons pour le héler ; des femmes se penchent aux fenêtres et sourient ; et tous les gosses cessent de jouer pour le regarder. Notre aubergiste sort sous le porche et se plie en deux comme un mètre de charpentier en susurrant ; « Bonjour, Colonel ! » – alors que celui-ci a déjà dépassé l'hôtel d'une encablure.

– Grand-père, demande Caligula, est-ce que c'est l'empereur Alexandre ? Et pourquoi l'appelle-t-on « le Grand » ?

– Gentlemen, dit l'hôtelier, celui que vous voyez là n'est autre que le Colonel Jackson T. Rockingham, Président de la Compagnie de Chemin de Fer Sunrise and Edenville Tap Railroad, maire de Mountain Valley, et Directeur du Comité d'Immigration et des Embellissements Publics de Perry County.

– Absent depuis de longues années ? demandé-je. Juste de retour, sans doute ?

– Non, Monsieur : le Colonel Jackson va chercher son courrier à la poste. Ses compatriotes sont heureux de l'saluer ainsi tous les matins. Le Colonel est l'citoyen le plus prominent d'la ville. Non seulement il détient la plupart des actions de la Sunrise and Edenville Tap Railroad, mais il est aussi propriétaire de mille hectares de terres là-bas, d'l'aut'e côté d'la rivière. Mountain Valley est fière, Monsieur, d'honorer un citoyen qui a autant d'valeur et d'esprit public.

Durant une heure, cet après-midi là, Caligula se prélasse sous le porche dans une chaise longue avec un journal sous le nez, ce qui paraît anormal chez un homme qui fait profession de mépriser l'imprimerie. À la fin, il se lève et m'entraîne vers le bout du porche, au milieu des torchons qui sèchent au soleil. Je présume qu'il vient d'imaginer une nouvelle combine ; car il mordille le bout de sa moustache et fait claquer l'élastique de sa bretelle gauche : c'est un symptôme que je connais bien.

– Qu'est-ce que ce sera ? demandé-je. Pourvu qu'il ne s'agisse ni d'actions de mines flottantes ni d'allumettes Pensylvaniennes, je consens à discuter le coup.

– Allumettes Pensylvaniennes ? Ah ! oui ! – Tu veux parler de ces salopards qui brûlent les pieds des vieilles femmes pour leur faire avouer où elles ont caché le magot ? – Pouah !

Quand Caligula parle affaires, son éloquence est toujours brève et amère.

– Tu vois ces montagnes ? dit-il en les montrant du doigt. – Et tu as vu ce Colonel qui possède des chemins de fer et qui fait autant de volume quand il va au bureau de poste que Roosevelt lorsqu'il défile dans son char de triomphe. Hé bien voilà : nous allons emporter le colonel dans les montagnes et lui infliger une rançon de dix mille dollars.

– Illégalité, dis-je, en secouant la tête.

– Je savais que tu allais dire ça, répond Caligula. Certes, à première vue, ça paraît devoir bousculer un peu la paix et la dignité. Mais ce n'est pas vrai. J'ai glané cette idée dans le journal. Est-ce qu'on peut calomnier une combine équitable que les États-Unis eux-mêmes ont absoute, endossée et ratifiée ?

– Un enlèvement, dis-je, est une fonction immorale portée sur la liste des dérogations aux statuts. Si les États-Unis l'ont adopté, ça doit être à la suite de la promulgation d'une éthique nouvelle, similaire à la loi sur les loyers et l'électrification des campagnes.

– Écoute, dit Caligula. Je vais t'expliquer le cas qui est exposé dans le journal. Il y a un citoyen grec nommé Burdick Harris qui a été capturé par les Africains pour être rançonné. Et voilà les États-Unis qui envoient deux canonnières à Tanger et obligent le Roi du Maroc à payer soixante-dix mille dollars au chef kidnappeur, Raisouli.

– Doucement ! Doucement ! dis-je. Ça me paraît trop international pour être ingurgité d'un seul coup. Découpe-moi ça en petites tranches de nationalisations.

– Hé bien, voilà ! dit Caligula. C'est une dépêche de Constantinople. Tu verras ça dans six mois : ça sera confirmé dans les revues mensuelles. Et alors on ne tardera pas à la retrouver à côté des photos de l'éruption du Vésuve et de la catastrophe de Pompéi dans les magazines illustrés qu'on lit chez les coiffeurs en attendant un fauteuil. C'est tout ce qu'il y a de régulier, Jeff. Ce chef kidnappeur Raisouli cache Burdick Harris dans les montagnes, et fait publier son prix auprès des gouvernements des différentes nations. Hé bien, tu ne voudrais pas supposer une minute que le nôtre s'en serait mêlé et aurait favorisé cette combine si ça n'était pas une opération régulière, hein ?

– Heu, non ! dis-je. J'ai toujours soutenu la politique du Président, et je ne pourrais pas, en toute conscience, critiquer l'administration républicaine en ce moment. Mais, si Harris est un Grec, en vertu de quel système de protocole international l'oncle Sam peut-il intervenir ?

– Ça n'est pas exactement expliqué dans le journal, dit Caligula. Je suppose que c'est une question de – sentiment. Tu sais que notre Ministre des Affaires Étrangères est d'origine écossaise ; – et ces Grecs portent des petites culottes, eux aussi. Bref, ils envoient le *Brooklyn* et *l'Olympia* là-bas, et font pointer leurs canons de trente pouces sur l'Afrique. Puis, le Ministre demande par câble des nouvelles des *persona grata*. « Comment vont-ils ce matin ? Est-ce que Burdick Harris est toujours en vie ? Ou bien Mr Raisouli est-il trépassé ? » Et à ces mots le Roi du Maroc envoie les soixante-dix mille dollars, – et Burdick est relâché ! Et cette petite affaire de rançon cause beaucoup moins d'aigreur entre les nations que l'accaparement d'une île de Guano par les Russes dans le détroit du Kamtchaka. Et Burdick Harris accorde des interviews et déclare aux reporters dans la langue grecque, qu'il a beaucoup entendu parler des États-Unis, et qu'il admire Roosevelt presque autant que Raisouli, qui est l'un des plus corrects et loyaux kidnappers avec lesquels il ait jamais travaillé. Ainsi, Jeff, conclut Caligula, tu vois que nous avons la loi des nations de notre côté. Nous allons séparer ce Colonel du troupeau, et l'enfermer dans ces petites montagnes, et coincer ses héritiers et fondés de pouvoirs pour dix mille dollars.

– Hé bien, répliqué-je, sacré vieille petite terreur territoriale, à tête de carotte, allons-y pour ta combine internationale : j'en suis. Mais n'essaye pas de bluffer le vieux Jeff Peters. Je doute que tu aies parfaitement assimilé la substance de cette affaire Burdick Harris, Calig. Et si, un de ces matins, nous recevons un télégramme du Ministère demandant des nouvelles de la santé de l'opération, je suis d'avis d'acquérir les deux mules les plus accessibles et les plus rapides du voisinage, et de galoper diplomatiquement par-dessus la frontière, jusqu'à la paisible nation limitrophe dénommée Alabama.

III

Caligula et moi passâmes les trois jours suivants à explorer le coin de montagne dans lequel nous nous proposions de kidnapper le Colonel Jackson T. Rockingham. Nous sélectionnâmes finalement une tranche de topographie abrupte, couverte de buissons et d'arbres, et à laquelle on n'avait accès que par un sentier secret, que nous défrichâmes nous-mêmes. Et le seul moyen de parvenir à la montagne était de suivre une crevasse sinueuse qui s'enroulait autour des promontoires.

Alors, je pris en mains une importante subdivision des opérations. Je me rendis par le train à Atlanta et me procurai pour deux cent cinquante dollars de provisions de bouche, les plus flatteuses et les plus efficaces que l'on pût trouver moyennant finances. J'ai toujours été un admirateur des victuailles, sous leurs formes les plus palliatives et raffinées. Le cochon et le maïs ne paraissent pas seulement inartistiques à mon estomac, mais ils donnent encore une indigestion à mes sentiments moraux. Et je pensais au Colonel Jackson T. Rockingham, Président de la Sunrise and Edenville Tap Railroad, et imaginais à quel point lui manquerait le luxe, auquel l'on dit que sont accoutumés les riches seigneurs du Sud, de son train de maison. C'est pourquoi j'engloutis la moitié de notre capital, à Caligula et à moi, dans le plus élégant stock de provisions fraîches, et de boîtes de conserve que Burdick Harris ou n'importe quel rançonné professionnel ait jamais vu dans un campement.

Je consacrai encore une centaine de dollars à l'acquisition de deux caisses de bordeaux, trois bouteilles de cognac, deux cents *regalias* de la Havane avec une bague en or, une poêle de campement, des chaises et des lits pliants. Je voulais que le Colonel eût tout le confort possible ; et j'espérais qu'après avoir lâché les 10 000 dollars, il nous ferait à Caligula et à moi, une réputation de gentlemen et de maîtres de maison, aussi solide que celle répandue par le Grec sur le copain qui fit des États-Unis son garçon de recettes en Afrique.

Quand les marchandises arrivent d'Atlanta, nous louons un chariot, et les transportons sur la petite montagne, où nous établissons notre campement. Puis, nous nous mettons à l'affût du Colonel.

Nous l'attrapons un matin à environ deux milles de Mountain Valley, alors qu'il se rend, en visite d'inspection, sur ses terres couleur de brique. C'était un vieux gentleman élégant, aussi mince et long qu'une canne à pêche, avec des manchettes à bouillon, et un lorgnon suspendu à un ruban noir. Nous lui exposons nos desiderata, avec aisance et brièveté ; et Caligula lui montra, d'un air négligent, la crosse de son Colt 45 qui dépassait de sa ceinture.

– Quoi ? s'écrie le Colonel Rockingham, des bandits dans le Comté de Perry, en Géorgie ! J'informerai de cela le Comité d'Immigration et des Embellissements publics !

– Soyez assez sagace pour grimper dans cette charrette, dit Caligula, par ordre du Comité de perforation et de dépravation publique. C'est une réunion d'affaires, et nous sommes pressés de remettre la séance *sine qua non*.

Nous conduisons le Colonel Rockingham dans la montagne, aussi haut que la charrette peut monter ; puis nous attachons le cheval et emmenons notre prisonnier à pied jusqu'au campement.

– Et maintenant, Colonel, dis-je, sachez que notre but essentiel et unique est la rançon. Il ne vous sera fait aucun mal, si le roi du Maro... si vos amis envoient le fric. Par ailleurs, nous sommes des gentlemen, tout comme vous. Et si vous nous donnez votre parole de ne pas chercher à vous évader, vous aurez toute liberté à l'intérieur du campement.

– Je vous donne ma parole, dit le Colonel.

– Parfait, dis-je. Voici qu'il est onze heures, et Mr Polk va procéder à l'inoculation dans les circonstances de quelques trivialités tempestives, sous la forme de victuailles.

– Merci ! dit le Colonel. Je sens que je me régalerais volontiers d'une tranche de lard frit et d'un plat de purée de maïs.

– Jamais de la vie ! m'écriai-je avec emphase. Pas ici, dans ce campement ! Nous planons dans des régions plus élevées que celles habitées par votre célèbre, mais répugnant plat national.

Tandis que le Colonel lit son journal, Caligula et moi tombons la veste et nous mettons à inaugurer un petit lunch de luxe, juste pour lui montrer de quoi nous sommes capables. Caligula était un fin cuisinier, comme il y en a dans l'Ouest ; il était capable de rôtir un buffle ou de fricasser une paire de veaux, en moins de temps qu'il n'en faut à une femme pour préparer une tasse de thé. Sous le rapport de la vitesse, du muscle et de la quantité, il était certainement l'un des plus renommés malaxeurs d'aliments de son pays. Il détenait le record, à l'ouest de la rivière Arkansas, du championnat des maîtres-queux, qui consiste à poêler une crêpe de la main gauche, et à griller des côtelettes de chevreuil de la main droite, tout en écorchant en même temps un lapin avec les dents. Quant à moi, je sais faire mijoter des choses en cocotte, et à la créole, et manier l'huile et le concombre aussi dextrement qu'un chef français.

C'est ainsi qu'à midi, nous avions préparé un déjeuner chaud qui avait l'air d'un banquet sur un bateau à vapeur du Mississipi. Nous mîmes le couvert sur deux ou trois grandes caisses, ouvrîmes deux bouteilles de vin rouge, servîmes les olives avec un cocktail et un Martini et appelâmes le Colonel à table.

Le Colonel Rockingham prit une chaise, essuya son lorgnon et regarda les choses qu'il y avait sur la table. Et alors je crus qu'il se mettait à jurer ; et je me sentis honteux de n'avoir pas mieux choisi les victuailles. Mais non : il ne jurait pas, – il récitait les actions de grâce. Et Caligula et moi inclinâmes la tête, et je vis une larme tomber de l'œil du Colonel dans son cocktail.

Je n'ai jamais vu un homme manger avec autant de sérieux et d'application, – non pas hâtivement comme un grammairien ou un goinfre, – mais lentement et d'un air appréciatif, comme un serpent python ou un membre du Club des Cents.

Au bout d'une heure et demie, le Colonel s'appuie au dossier de sa chaise. Je lui apporte son café, avec un verre de cognac et pose la boîte de cigares sur la table.

– Messieurs, dit-il, en soufflant la fumée tout en essayant de l'aspirer de nouveau, lorsque nous voyons ces montagnes éternelles, et ce paysage souriant et bienfaisant, et que nous réfléchissons à la bonté du Créateur qui...

– Excusez-moi, Colonel, dis-je ; mais il y a une petite affaire à terminer d'abord ». Et j'apporte du papier, une plume et de l'encre, et les pose devant lui.

– À qui allez-vous vous adresser pour avoir l'argent ? demandé-je.

– Je pense, dit-il, après un instant de réflexion, que ce sera au Vice-président de notre Compagnie, aux bureaux du siège social à Edenville.

– Il y a quelle distance d'ici à Edenville ? demandé-je.

– Environ dix milles, répond-il.

Alors, je prononce le discours suivant qu'il écrit sous ma dictée :

« Mon très cher Vice-Président,

« J'ai été kidnappé par deux bandits dangereux qui me retiennent prisonnier dans un endroit qu'il serait vain de chercher à découvrir. Ils exigent dix mille dollars, payables en une seule fois, pour me relâcher. Procurez-vous la somme immédiatement et suivez les instructions ci-après : venez seul, avec l'argent, à la rivière Stony qui sort des Blacktop Mountains. Suivez le lit du cours d'eau jusqu'à ce que vous arriviez à un grand rocher plat, sur la rive gauche, marqué d'une croix à la craie rouge. Montez sur le rocher et agitez un drapeau blanc. Un guide viendra vous chercher et vous conduira près de moi. Ne perdez pas une minute. »

Lorsque le Colonel a fini d'écrire, il nous demande la permission d'ajouter un post-scriptum, pour dire avec quelle parfaite courtoisie il était traité, afin que la Compagnie ne se sente point dévorée d'inquiétude à son sujet. Nous le lui accordons volontiers. Alors, il ajoute qu'il vient justement de déjeuner avec les deux desperados, et il insère le menu tout entier, depuis le cocktail jusqu'au cognac. Il termine en déclarant que le dîner sera prêt vers 6 heures, et qu'il promet de se révéler encore plus licencieux et intempérant, si c'est possible.

Caligula et moi, après avoir lu, décidons de ne rien censurer ; car, en tant que cuisiniers, nous sommes sensibles à la louange, bien qu'elle semble un peu déplacée dans une traite à vue de dix mille dollars.

Je pars avec la lettre jusqu'à la route de Mountain Valley, et attends qu'il passe un messager. Bientôt un cavalier au teint basané fait son apparition, et je lui donne un dollar pour porter la lettre aux bureaux de la Compagnie à Edenville. Puis je rentre au campement.

IV

Vers quatre heures de l'après-midi, Caligula, qui fait fonction de vigile, me hèle.

– Chemise blanche à tribord, Commandant ! crie-t-il. S'agite en forme de signaux.

Je descends par le sentier et ramène un homme gras et rubicond, en veston d'alpaga, et sans faux-col.

– Messieurs, dit le Colonel Rockingham, permettez moi de vous présenter mon frère, le Capitaine Duval C. Rockingham, Vice-Président de la Sunrise and Edenville Tap Railroad.

– Autrement dit, le Roi du Maroc, répliqué-je. Si ça ne vous fait rien, je vais compter l'argent, simplement pour la forme. Les affaires...

– Oh ! je vous en prie ! dit le gros homme. Mais – il n'est pas encore là. J'ai passé l'affaire à notre second vice-président ; il va sûrement arriver dans quelques instants. Il me tardait de venir voir si mon frère était en sécurité. – Frères Jackson, comment avez-vous trouvé cette salade de homard que vous avez mentionnée dans votre lettre ?

– Monsieur le Premier Vice-Président, dis-je, vous nous obligerez en restant ici jusqu'à ce que le deuxième V. P. arrive. C'est une répétition privée, et nous ne tenons pas à voir des spéculateurs vagabonds venir ici pour vendre des tickets.

Une demi-heure plus tard, Caligula me hèle de nouveau :

– Voile à l'horizon ! – On dirait un tablier au bout d'un manche à balai.

Je descends une seconde fois et hisse au campement un homme de six pieds trois pouces, escorté d'une barbe jaunâtre et de quelques autres particularités imperceptibles.

Je remarque, en mon for intérieur, que si c'est lui qui a les dix mille dollars sur lui, ça doit être en un seul gros billet plié en long.

— Mr Patterson G. Coble, notre second vice-président, annonce le Colonel.

— Heureux de faire votre connaissance, Messieurs, dit ce Coble. Je suis venu pour vous communiquer la nouvelle que le Major Tallahassee Tucker, notre chef d'exploitation du service voyageurs, est en train de négocier un emprunt à la Perry County Bank sur un plein panier de nos actions. — Mon Cher Colonel Rockingham, — heu ! — est-ce un poulet sauté ou des pêches au sirop que vous avez mentionné dans votre lettre ? Ce n'était pas très bien écrit, et j'ai eu une vive discussion à ce sujet avec le conducteur du 56...

— Encore un drapeau blanc sur le rocher ! s'écrie Caligula. Si j'en aperçois d'autres, à présent, je tire dessus, et je dirai que je les ai pris pour des torpilleurs !

Le guide redescend de nouveau et convoie dans le repaire une personne en salopette bleue, portant une lanterne et une certaine dose d'ébriété. Je suis tellement sûr que c'est le major Tucker que c'est seulement en arrivant en haut que je lui demande son nom, pour la forme ; et alors j'apprends que c'est l'oncle Timothy, le lampiste d'Edenville, qui nous a été envoyé pour nous signaler que le juge Pendergast, l'avocat de la Compagnie, s'efforce actuellement d'hypothéquer les terres du Colonel Rockingham pour parfaire la rançon.

Tandis qu'il bavarde, deux hommes sortent en rampant des buissons qui entourent le campement, sans s'être fait annoncer par un étendard blanc, et aussitôt Caligula tire son revolver. Mais le colonel Rockingham intervient aussitôt et nous présente Mr Jones et M. Batts, mécanicien et chauffeur du train 42.

— 'Scusez-nous, dit Batts, mais Jim et moi étions à la chasse aux écureuils dans les parages et nous n'avons pas pensé au fanion. Heu ! Colonel, ce n'est pas de la blague c'que vous avez dit au sujet du plum-pudding et des ananas et des cigares de la Havane ?

– Serviette au bout d'une canne à pêche au large ! hurle Caligula. Ça doit être l'escadre des conducteurs et convoyeurs des trains de marchandises.

– Ça sera ma dernière excursion en ascenseur, dis-je en m'essuyant le front. Si la S. E. T. R. désire organiser un train de plaisir pour contempler leur Président en captivité, qu'elle le dise : nous mettrons un écriteau : « Café des Kidnappers et Foyer des Cheminots. »

Cette fois je confesse l'identité du Major Tallahassee Tucker et je me sens plus à l'aise. Je le fais marcher dans le lit de la rivière de façon à pouvoir le noyer, au cas où il m'aurait menti et ne serait qu'un vulgaire homme d'équipe. Pendant toute l'ascension, il ne cesse de radoter au sujet des toasts aux asperges, – une combinaison que son cerveau n'avait pas encore imaginée jusqu'ici.

Une fois là-haut, je parviens à détacher son esprit de la nourriture et je lui demande s'il a pu récolter la rançon.

– Mon cher Monsieur, dit-il, j'ai réussi à négocier un emprunt sur trente mille dollars d'actions de notre Compagnie et...

– Bon, bon ! Major ! dis-je. Alors, puisque tout est en règle, nous terminerons cette petite affaire après dîner. Messieurs, dis-je en m'adressant à la foule, permettez-moi de vous inviter tous à dîner. La confiance règne de part et d'autre, et le drapeau blanc, tout comme le fanion du chef de gare, n'a d'autre but que de donner le départ aux opérations.

– Bonne idée ! fait Caligula qui se tient près de moi. Deux porteurs de bagages et un guichetier sont tombés d'un arbre pendant que tu étais en bas. Est-ce que le major a apporté l'argent ?

— Il dit, répliqué-je, qu'il a réussi à négocier l'emprunt.

Si jamais deux cuisiniers ont bien gagné dix mille dollars en douze heures, c'est sûrement Caligula et moi. À six heures tapant, nous servons sur le sommet de cette montagne un dîner comme jamais aucuns cheminots n'en ont engouffré jusqu'ici. Nous débouchons toutes les bouteilles de vin, triturons les hors-d'œuvre, les entrées et les plats de résistance, malaxons les entremets les plus savoureux, et en un mot organisons une masse de boustifaille premier choix, telle qu'aucun grand chef du Majestic ou du Carlton n'en a jamais extrait de boîtes de conserves alimentaires. La Compagnie de chemin de fer se rassembla autour du festin, et chacun de trinquer, de se régaler et de se divertir à qui mieux mieux.

À la fin des réjouissances, Caligula et moi tirons le Major Tucker à l'écart et lui parlons affaires et rançon. Le Major tire de sa poche une poignée de monnaie tout juste bonne à solder le dernier payement d'une automobile de 3 chevaux vendue à crédit, et exhale le laïus suivant :

— Messieurs, dit-il, hum ! — le cours de nos actions s'est un peu déprécié. Le mieux que j'aie pu faire avec trente mille dollars de titres se traduit par un prêt de quatre-vingt-sept dollars et 50 cents. Sur les terres labourables du Colonel Ruckingham, le juge Pendergast n'a pu obtenir, en neuvième hypothèque, que la somme de cinquante dollars. Voici le montant global : cent trente-sept dollars 50, sauf erreur ou omission.

— Un Président de Compagnie de chemin de fer ? dis-je en regardant ce Tucker dans les yeux. Et propriétaire de mille hectares de terre en plus ? Et vous prétend...

— Messieurs, dit Tucker, le chemin de fer n'a que quinze kilomètres de longueur. Aucun train n'y circule jamais, sauf les
jours peu fréquents où les mécaniciens et chauffeurs parvien-
nent à se procurer assez de bois dans les forêts de pins pour
faire monter la pression à 5 kilos dans les chaudières. Il y a très,
très longtemps, – au temps de la prospérité – les bénéfices nets
se montaient à environ 18 dollars par semaine. Les biens
propres du Colonel Rockingham ont été vendus 13 fois par le
fisc. Il y a deux ans que la récolte de pêches est nulle dans cette
partie de la Géorgie par suite de la gelée. Les pluies du printemps ont tué les melons d'eau. Personne par ici n'a suffisam-
ment d'argent pour acheter de l'engrais ; et la terre est si pauvre
que la récolte de blé a raté, et il n'y avait même pas assez
d'herbe pour assurer la subsistance des lapins de garenne. Tout
ce que les habitants du pays ont eu à manger depuis plus d'un
an, c'est du cochon et du maïs, et...

— Jeff ! dit soudain Caligula en fourrageant ses cheveux carotte, qu'est-ce que tu vas faire de ces petits picaillons ?

Je tends l'argent au Major Tucker ; puis je me tourne vers
le Colonel Rockingham et lui tapote amicalement l'omoplate.

— Colonel, dis-je, j'espère que vous avez apprécié notre petite plaisanterie. Mais il serait indélicat de la pousser plus loin.
Nous, des kidnappers ? Ha ! ha ! ha ! Je me nomme Van Rhine-
gelder et je suis un neveu des Van der Bilt. Mon ami est le cou-
sin germain du Rédacteur en Chef de la Revue des Cinq
Mondes. Et voilà ! Nous sommes venus en excursion dans le
Sud pour nous distraire un peu, – Et maintenant, vive
l'humour ! – et – il y a encore une bouteille de cognac à vider
pour clore la mystification.

À quoi bon entrer dans les détails ? J'en relaterai seulement un ou deux. Je vois encore le Major Tallahassee Tucker
jouant de la guimbarde, et Caligula valsant avec sa tête posée

sur la poche gousset d'un grand homme d'équipe. J'hésite à mentionner le « swing » exécuté par moi-même et Mr Patterson G. Coble, avec le Colonel Jackson T. Rockingham entre nous deux.

Et même, le lendemain matin, bien que cela vous semble sans doute extravagant, Caligula et moi, au souvenir de cette soirée de réjouissances fraternelles, découvrîmes qu'il nous restait une petite consolation : c'est que jamais aucun Raisouli ne tapa dans l'œil d'aucun Burdick Harris, autant que nous dans celui de la Sunrise and Edenville Tap Railroad Company.

V

Éthique du cochon.

Ce jour-là, je rencontrai Jeff Peters dans le wagon-fumoir du rapide de l'Est. Jeff, comme vous le savez, professe la combine illégitime avec bonhomie et cérébralité. La veuve et l'orphelin n'ont rien à craindre de lui ; c'est un réducteur de superflu. Il adore se dissimuler dans les champs de dollars et souffler dans son appeau pour faire tomber dans son filet les pièces follettes et vagabondes.

Le tabac est l'un des plus sûrs moyens de déclencher ses cordes vocales ; et c'est avec l'aide de deux *brevas* longs et ventrus que je réussis à lui soutirer l'histoire de sa dernière aventure Autolycienne.

« Dans ma profession, dit Jeff, ce qu'il y a de plus dur est de trouver, comme associé dans la combine, un partenaire loyal, sûr, et strictement honorable. Certains des meilleurs filous avec lesquels j'aie jamais travaillé avaient parfois recours à des tricheries impardonnables vis-à-vis de moi. « Aussi, l'été dernier, me décidé-je à pénétrer dans certaine contrée où, m'avait-on dit, le serpent n'avait pas encore vendu de pommes, pour voir si je ne pourrais pas trouver un partenaire naturellement doué de quelque talent pour le crime, et néanmoins pas encore contaminé par le succès.

« Je finis par dégoter un village qui me paraît répondre aux exigences du questionnaire. Ses habitants n'ont pas encore découvert qu'Adam a été exproprié, et se promènent dans la nature au milieu des animaux, et tuent les serpents comme s'ils étaient encore dans le jardin d'acclimatation de l'Eden. Cette métropole paradisiaque se nomme Mount-Nebo ; – elle est située près de l'embranchement où le Kentucky, la Virginie de l'Ouest et la Caroline du Nord s'embrassent tous les trois dans un coin. Quoi ? Ce n'est pas possible ? Oh ! C'est possible ! Je n'ai pas beaucoup étudié la géographie ; je me suis contenté de voyager dessus.

« Après avoir consacré une semaine à prouver que je n'étais pas un contrôleur du fisc, je me rends dans une boutique où se donnent rendez-vous les grossiers farauds du hameau, pour voir si je ne pourrais pas jeter mon harpon sur l'espèce de requin innocent que je requiers.

« – Messieurs, dis-je, après que nous nous sommes frotté le nez et réunis autour du tonneau de pommes tapées, je ne crois pas qu'il existe dans le monde entier une autre communauté où le péché et la tricherie aient aussi peu pénétré que dans la vôtre. L'existence en ce lieu, où toutes les femmes sont braves et propices, et tous les hommes honnêtes et expédients, doit en vérité être une idole. Cela me rappelle, dis-je, la belle ballade de Goldstein intitulée « Le Village abandonné », qui dit :

Il y a des bluets dans le verger ;
Ô songes d'été jaillis du concombre !
Mon âme est un bateau de foin qui sombre.
Il y a des coquelicots dans la salle à manger.

« – Oui, heu ! dit l'épicier, – j'crois ben que j'sommes une communauté aussi morale et engourdie qu'y peut y en avoir dans l'coin, s'lon l'vote d'la conscience et d'l'opinion. Mais – on voit ben qu'v'avez pas encore rencontré Rufe Tatum.

« – Et comment qu'y pourrait ? demande le garde champêtre. Rufe est encore en prison à c't'heure. C'gars là est ben l'plus monstrueux salopard qu'ait jamais coupé à l'échafaud. Et tiens ! ça m'rappelle qu'j'aurais dû le r'lâcher avant hier. Les trente jours qu'il a récoltés pour avoir zigouillé Yance Goodloe sont terminés d'puis deux jours. Bah ! un jour ou deux d'plus, ça y f'ra pas d'mal.

« – Corne de viau ! dis-je en imitant le patois local, est-y possible qu'y ait un homme aussi méchant qu'ça dans Mount Nebo ?

« – Il est pire, dit l'épicier : il vole des cochons.

« J'ai envie de contempler ce Tatum ; aussi, un jour ou deux après sa remise en liberté par le garde champêtre, je m'arrange pour faire sa connaissance, et je l'emmène aux confins du pays et l'invite à s'asseoir sur un tronc d'arbre pour parler affaires.

« Ce que je désirais, c'était un partenaire doué par la nature d'un aspect rural authentique, pour jouer un rôle dans une petite pièce en un acte que j'avais l'intention de produire sur les tréteaux vicinaux de quelques-unes des petites villes de l'Ouest. Ce Tatum me semble né pour le rôle, aussi sûr que la Providence a prédestiné Sarah Bernhardt au rôle de Lucullus dans la Reine Macbeth et les sœurs siamoises à celui des deux orphelines dans l'Assassinat du Duc de Guise.

« Sa stature est celle d'un grenadier ; il a des yeux bleus ambigus, comme ceux du chien en porcelaine de Chine qui veille sur la cheminée chez la tante Harriett et avec lequel elle s'amusait quand elle était petite. Ses cheveux ondulent un peu comme ceux de la statue du discobole au Musée du Lido à Florence, mais leur couleur rappelle plutôt le genre de tableau tel que « Coucher de Soleil dans le Grand Canon » par un artiste américain, que l'on voit accroché dans la cuisine au-dessus de la pendule. Un vrai pedzouille, quoi ; pas besoin de retouche. Pas moyen de s'y méprendre, même si on l'avait vu sur la scène d'un music-hall avec des sabots et du foin dans la tignasse.

« Je lui explique ce que j'attends de lui, et il se déclare prêt à crêper le chignon de l'occasion.

« – Si l'on néglige une triviale petite peccadille telle que l'assassinat en série, lui demandé-je, qu'as-tu accompli en matière de brigandage indirect ou d'accaparement non pendable, que tu pourrais me citer, avec ou sans fierté, comme une preuve que tu es bien qualifié pour l'emploi considéré ?

« – Eh ben, v'en avez-t-y pas entendu parler ? me demande-t-il avec son accent traînard de paysan du Sud. Y a pas un homme, blanc ou noir, dans le Blue Ridge, qu'est capable comme moi d'barboter un cochonnet sans être entendu, vu, ni attrapé. J'peux enlever un d'ceux bestiaux là, continue-t-il, dans l'étable, dans une grange ou même à l'auge, en ville ou dans les bois, la nuit ou l'jour, n'importe où et n'importe comment sans qu'personne l'entende couiner, – ça je l'garantis. C'est une façon d'les empoigner et ensuite d'les porter. Un d'ceux jours, conclut cet aimable ravageur de soues, j'espère ben être r'connu comme l'champion du monde des voleurs de cochon.

« – C'est très bien d'être ambitieux, dis-je ; et le vol des cochons est une profession honorable qui convient parfaitement dans une ville comme Mount Nebo ; mais dans le monde extérieur, Mr. Tatum, ce serait aussi mal considéré qu'une corrida dans les rues de New-York. Cependant, cela me suffit comme garantie de ta bonne foi. Nous allons nous associer tous les deux. J'ai un capital de mille dollars, en espèces ; et avec cette atmosphère de mœurs rustiques que tu répands autour de toi, nous devrions être à même de gagner quelques gros lots au tirage des obligations de la Société du Pognon rapide.

« Donc, j'amarre mon Rufe, et nous voilà partis de Mount Nebo pour les villes de la plaine. Tout le long du chemin, je fais son éducation et lui serine son rôle dans la petite pièce que nous allons jouer. Je venais de flâner pendant deux mois sur la Côte de Floride, et, après cette cure d'oisiveté, je me sentais singulièrement en forme, et j'avais la moelle cérébrale si bien fertilisée que les projets de combines en jaillissaient aussi torrentiellement que les voyageurs du métro à la station du Cirque Piccadilly.

« Mon intention était, symboliquement parlant, de me déguiser en faucheuse et de tondre une largeur de près de neuf milles à travers la région fermière du Middle West ; alors nous voilà partis dans cette direction. Mais en arrivant à Lexington, nous y trouvons le cirque Binkley Brothers, en même temps qu'un tas de paysannerie en liesse, sabotant dans les rues avec autant d'innocence et de sans-gêne que les délégués provinciaux au Congrès de Washington. Je ne passe jamais à proximité d'un cirque sans tirer la soupape et lancer le guide-rope, afin de récolter une petite moisson de dollars de l'espèce « précoce-hâtif, à cultiver sous châssis ». Alors, je retiens deux chambres avec pension pour Rufe et moi, dans un familistère tenu par une certaine veuve Peevy, tout près du cirque. Puis j'emmène Rufe dans un magasin de confection pour hommes, et l'endimanche en cinq sec. Ça lui va comme l'abricot à la confiture ; j'étais sûr d'avance qu'il aurait l'air idoine dans ce costume de gala pour fabricant de rutabagas. Le vieux Misfitzky et moi l'emmanchons dans un complet bleu argent, avec filets et carreaux vert Nil, gilet fantaisie nuance Havane à boutons grenat, cravate rouge et la paire de souliers la plus jaune du patelin.

« Ce sont les premiers vêtements dignes de ce nom que Rufe ait jamais portés, si l'on en excepte les brassières et les bavettes de son premier âge, et il a l'air aussi fier qu'un Igorrote qui vient de se mettre un anneau neuf dans le nez.

« Le même soir, je me rends auprès des tentes du cirque et j'inaugure une petite partie de bonneteau. Rufe doit jouer le rôle de l'appeau. Je lui ai remis un paquet de fausse monnaie pour financer ses mises, et j'en ai un autre dans une poche spéciale pour payer ses gains. Oh ! ce n'est pas tant que je me méfie de lui ; mais, voyez-vous, il m'est absolument impossible de faire gagner le client quand je vois du vrai argent sur le tabouret. Chaque fois que j'ai voulu essayer, mes doigts se sont mis en grève.

« Donc, je dresse mon tapis vert amovible et je commence à montrer aux jobards comme il est facile de deviner où se trouve l'as de carreau. Ces animaux illettrés se rassemblent autour de moi en un demi-cercle compact et tassé, et commencent à se donner des coups de coude réciproques, en se blaguant les uns les autres à qui miserait le premier. C'est alors que Rufe aurait dû apparaître et déclencher la ruée vers l'or en y allant de son demi-dollar et en empochant les faux bénéfices. Mais pas de Rufe. Je l'ai vu passer deux ou trois fois, flânant, regardant les affiches et mâchant des caramels à pleine gueule. Mais il a disparu et me fait faux bond cent pour cent.

« La foule mordille un peu ; mais entreprendre une partie de bonneteau sans compère, c'est comme si on voulait pêcher à la ligne sans appât. J'arrêtai le jeu avec seulement quarante deux dollars de dividende, alors que je comptais bien saigner les pedzouilles d'au moins deux cents dollars. À onze heures, je rentre dans ma chambre et me couche. Je me dis que Rufe n'a sans doute pas pu résister aux tentations de la piste, et qu'il a passé la soirée sous la tente. Et je me propose de lui faire des remontrances le lendemain matin sur sa façon de respecter les clauses du contrat.

« Il y avait à peine quelques instants que Morphée m'avait tombé sur les deux épaules par une triple ceinture avant, lorsque je suis réveillé en sursaut par un affreux vacarme qui fait trembler la maison et qui me paraît comparable aux hurlements d'un gosse de deux ans qui s'est cogné le nez contre une porte. J'ouvre la mienne et j'appelle à forte voix la veuve Machin, dans le couloir, et quand j'aperçois ses papillottes, je lui dis : « – Madame Peevy, voudriez-vous avoir la bonté de mettre un oreiller sur la figure de votre gosse afin que les honnêtes gens puissent dormir ? »

« – Monsieur, dit-elle indignée, ce n'est pas mon gosse, et d'ailleurs je n'en ai pas. Ce que vous entendez est le hurlement d'un porc que votre ami Mr. Tatum a apporté dans sa chambre il y a une couple d'heures. Et – voudriez-vous avoir la bonté de mettre un oreiller sur la figure de ce rejeton de votre famille afin que les honnêtes gens puissent dormir ?

« Je profère quelques figures de rhétorique expiatoires en usage dans les sociétés policées en pareil cas et pénètre dans la chambre de Rufe. Je le trouve debout ; sa lampe est allumée et il verse du lait par terre dans une poêle à un petit cochon d'un blanc sale qui est l'auteur du vacarme.

« – Qu'est-ce que ça signifie, Rufe ? demandé-je. Tu m'as laissé tomber dans le boulot ce soir, et tu as cassé les pattes à la combine. Et maintenant qu'est-ce que c'est que ce cochon ? – Tout ça ressemble à une désertion, camarade.

« – Oh ! ben, Jeff, répond-il, faut pas m'en vouloir. Tu sais ben que j'suis habitué à voler des cochons d'puis longtemps. C'est dev'nu comme une manie chez moi. Et c'soir, c'était une occasion si tentante qu'j'ai pas pu résister.

« – Enfin ! dis-je, possible que tu sois réellement atteint de kleptoporcie ; – et peut-être, quand nous serons sortis du pays des cochons, tourneras-tu ton inconduite vers des buts plus élevés et plus profitables. Mais je n'arrive pas à comprendre comment tu peux t'abaisser à souiller ton honneur à cause d'une sale bête aussi odieuse, pervertie, faible d'esprit et gueularde que celle-là.

— Jeff, répond-il, t'as pas d'sympathie pour les cochons. Tu les comprends pas comme moi. C'lui là m'paraît un animal doué d'une dose-d'raisonnement et d'intelligence peu commune. Tiens ! Tout à l'heure, il a traversé toute la chambre debout sur ses pattes de derrière !

« — Je vais me recoucher, dis je. Tâche de faire entendre au raisonnement et à l'intelligence de ton petit ami qu'il ferait bien de gueuler moins fort.

« — C'était la faim, dit Rufe. Maint'nant y va dormir et s'tenir tranquille.

« Je me lève toujours un peu avant l'heure du breakfast, et, en attendant le porridge, je lis mon journal, si toutefois je me trouve dans un pays qui sait que l'imprimerie a été inventée par Gutenberg. Donc, le lendemain matin, en me levant, je trouve un journal local sous ma porte et, – et la première chose qui me saute aux yeux en première page est une annonce ainsi rédigée :

CINQ MILLE DOLLARS DE RÉCOMPENSE

« à qui rapportera ou fera retrouver vivant et intact le célèbre cochon savant Beppo, disparu, enfui ou volé, hier soir après la représentation du Cirque Binkley Bros. Discrétion absolue. S'adresser à Geo B. Tapley, directeur commercial au bureau-roulotte du cirque.

« Je plie le journal, le mets dans ma poche intérieure et me rends dans la chambre de Rufe. Il a presque fini de s'habiller et est en train de servir au cochon un breakfast composé de lait et d'épluchures de pommes.

« – Hé bien ! Hé bien ! dis-je d'un ton aimable et cordial, bonjour tout le monde. Alors on est debout ? Et Cochonnet mange son petit déjeuner ? Qu'est-ce que – tu avais l'intention de faire de cette bestiole, Rufe ?

« – J'vas l'emballer, dit Rufe, et l'expédier à la m'man à Mount Nebo. Il lui tiendra compagnie pendant mon absence.

« – C'est – c'est un beau petit cochon ! dis-je en lui grattant le dos.

« – Pourtant, tu l'as ben engueulé hier au soir, dit Rufe.

« – Oh ! c'est possible ! dis-je. Mais ce matin, il me fait meilleure impression. La vérité est que – j'ai été élevé dans une ferme, et que – j'adore littéralement les cochons. Mais, tu comprends, quand j'étais gosse, on me mettait au lit au coucher du soleil, et – oui, c'était la première fois, hier soir, que j'en voyais un à la lumière – artificielle. Tiens ! je vais te faire une proposition, Rufe : je te donne dix dollars pour ce cochon.

« – J'ai pas envie de l'vendre, dit-il. Si c'était un autre, j'dis pas ; mais c'ui-là...

« – Pourquoi pas celui-là ? demandé-je, tremblant qu'il ne sache la vérité.

« – Pa'ce que, dit Rufe, ç'a été l'plus beau coup d'ma vie. Y a pas un aut'e que moi qu'aurait pu faire ça. Si jamais je m'marie, et que j'aye des enfants, j'm'assoirai au coin du feu, et j'leur racont'rai comment qu'leur papa barbota un cochon dans un cirque rempli d'populo. Et p't'être ben aussi à mes p'tits enfants. Et pour sûr qu'ils en s'ront bigrement fiers. Tiens, écoute ça : y avait deux tentes, qui communiquaient ensemble. L'cochon était sur une plateforme, attaché par une petite chaîne. Dans l'aut'tente, y avait un géant et la femme à barbe.

J'attrape l'bestiau, et je m'débine avec lui en rampant sous la toile, sans qu'y pousse seul'ment un soupir de souris. Je l'cache sous mon veston, et j'passe devant plus d'cent personnes avant d'arriver dans une rue où qu'y fait tout noir. Non, j'vendrai jamais c'cochon-là, Jeff. J'veux l'donner à garder à la m'man, comme témoin de c'que j'ai fait.

« – Le cochon ne vivra jamais assez longtemps, dis-je, pour servir de pièce à conviction dans tes séniles exercices de forfanterie familiale. Tes petits enfants seront obligés de te croire sur parole. Je – te donnerai cent dollars pour ton pourceau.

« Rufe me lance un regard étonné.

« – C'est pas possible que c'cochon-là vaille c'prix-là pour toi. Que qu'tu veux en faire ?

« – Si tu me considères sous l'angle de la casuistique, dis-je avec un sourire supérieur, tu ne voudras pas croire que je possède une certaine touche artistique dans mes configurations industrielles et morales. Et pourtant, rien n'est plus vrai. Je suis un collectionneur de cochons. J'ai écume le monde, à la recherche de cochons singuliers. Là-bas, dans Wabash Valley, je possède un ranch de cochons, où sont représentés tous les plus rares spécimens, depuis le mérinos antarctique, jusqu'au pékinois finlandais. Celui-ci, dis-je, me paraît être un pur sang, Rufe ; je crois que c'est un authentique Berkshire. C'est pourquoi j'en ai envie.

« – Pour sûr que j's'rais content d'te faire plaisir, Jeff, dit-il ; mais moi aussi j'ai la figuration artistique. Et pourquoi qu'ça s'rait pas d'l'art d'voler un cochon mieux qu'personne ? Les cochons, c'est comme qui dirait une aspiration d'génie pour moi. Surtout çui-là. J'donnerais pas c't animal pour 250 dollars.

« – Écoute, dis-je, en m'essuyant le front. C'est beaucoup plus pour moi une question d'art que de philanthropie. En tant que connaisseur et diffuseur de l'espèce porcine, j'aurais le sentiment de n'avoir pas rempli mon devoir vis-à-vis du monde si je n'ajoutais pas ce Berkshire à ma collection. Et maintenant, ce n'est pas intrinsèquement, mais c'est corrélativement à l'éthique du cochon, en tant qu'ami et coadjuteur de l'humanité, que je t'offre – cinq cents dollars pour cet animal.

« – Jeff, dit cet esthète porcin, c'est pas une question d'argent pour moi : c'est une question d'sentiment.

« – Sept cents ! dis-je.

« – Va jusqu'à huit cents, dit Rufe, et j'm'arrache l'sentiment du cœur.

« Je fouille dans ma ceinture portefeuille, et je lui aligne 40 billets de 20 dollars.

« – Je vais l'emporter dans ma chambre, dis je, et l'enfermer à clé jusqu'à ce que j'aie terminé mon breakfast.

« J'attrape le cochon par une patte de derrière ; et il pousse un hurlement pareil au sifflet d'un manège à vapeur de chevaux de bois.

« – J'vas te l'porter chez toi, dit Rufe. Il prend la bête sous son bras en lui tenant le groin de l'autre main et l'emporte dans ma chambre comme un bébé endormi.

« Après le breakfast. Rufe, qui est atteint d'une vestimentite chronique depuis que je lui ai offert un trousseau, déclare qu'il va descendre jusque chez le vieux Misfitzky pour voir s'il n'aurait pas une paire de chaussettes vermillon. Et dès qu'il est parti, je déploie une activité comparable à celle du colleur d'affiches électorales qui recouvre celles du concurrent en le suivant à une demi-longueur de pinceau. Je loue à un vieux nègre une charrette à bras et son propriétaire, nous enfermons le cochon dans un sac et en avant pour le cirque.

« Je trouve George B. Tapley sous une petite tente qui prend l'air par un hublot. C'est un homme grassouillet, avec un œil direct, une calotte noire et un diamant d'une demi-livre vissé dans le sein de son chandail rouge.

« – Êtes-vous George B. Tapley, demandé-je.

« – Soi-même, dit-il.

« – Hé bien, – je l'ai, dis-je.

« – Allez-y, fait-il. Êtes-vous le cochon d'Inde destiné au python d'Asie, ou la luzerne pour le buffle sacré ?

« – Ni l'un ni l'autre, dis-je. Je l'ai, – Beppo, le cochon savant. Il est là, dans le sac, sur cette charrette. Je l'ai trouvé en train de déterrer les fleurs dans ma cour, ce matin. Si possible, j'aimerais mieux des gros billets, pour les cinq mille ?

« George B. se précipite hors de la tente, en me criant de le suivre. Nous entrons dans une autre tente et la première chose que je vois est un cochon noir-jais, avec un ruban rose autour du cou, couché sur une litière de foin et mangeant des carottes qu'un homme met dans son assiette.

« – Hé ! Mac ! crie G. B. Y a rien qui cloche avec la merveille du monde ce matin ?

« – Lui ? dit l'homme. Sûrement pas ! Il a un appétit comme une chorus-girl à une heure du matin !

« – Où avez-vous été pêcher ce canard ? me demande Tapley. Mangé trop de boudin hier soir ?

« Je sors le journal et lui montre l'annonce.

« – Contrefaçon, dit-il simplement. Jamais entendu parler de ça. Vous avez pu contempler de vos propres yeux le champion porcin des artistes quadrupèdes dégustant son breakfast avec une sagacité surhumaine ; ni enfui, ni volé. Adieu.

« – Adieu, dis-je. Je crois que je commence à comprendre.

« Je sors et dis à l'oncle Ned de conduire la charrette à l'orifice le plus adjacent de l'allée la plus proche. Là je tire mon cochon du sac, vise soigneusement l'autre bout de l'allée, pose le projectile dans la direction voulue et le catapulte d'un tel coup de pied qu'il arrive à destination dix mètres avant son hurlement.

« Puis je remets à l'oncle Ned son demi-dollar et me rends au bureau du journal. Je veux savoir à quoi m'en tenir en m'adressant à la source.

« – Pourriez-vous me dire, demandé-je à l'homme qui mange un sandwich au guichet des petites annonces, si le monsieur qui a fait passer cette annonce-là hier soir n'est pas un homme petit et gras, avec de longs favoris noirs et un pied bot ? – C'est à cause d'un pari, dis-je.

« – Oh ! non ! répond le préposé. C'est un type de six pieds, quatre pouces et trois index au moins, avec des cheveux maïs et un complet multicolore comme un bouquet de fleurs des champs.

« – Merci ! dis-je.

« Le soir, à l'heure du dîner, je rentre chez Mrs Peevy.

« – Mr Tatum n'est pas encore arrivé, dit cette excellente femme. Faut-il que je garde la soupe au chaud pour lui ?

« – Je ne crois pas, dis-je » Vous risqueriez de consumer dans votre fourneau toutes les forêts de la Cordillère des Andes, sans compter le charbon des mines de Pensylvanie.

« Et voilà, conclut Jeff. Cela prouve combien il est difficile de trouver un associé honnête et loyal.

– Mais, répliqué-je, avec la franchise que me permet une longue amitié, il aurait peut-être pu en dire autant. Si vous aviez offert à ce Tatum de partager la récompense, vous n'auriez sans doute pas perdu...

Le regard que Jeff me lança interrompit ma phrase : il était plein de reproche et de dignité.

– Rufe et moi n'agissions pas selon les mêmes principes, dit-il. Le sien consistait simplement à me voler. Le mien n'était qu'une application légitime et morale du système financier qu'on appelle spéculation. Acheter bon marché, et vendre cher ; – qu'est-ce que les types de la Bourse eux-mêmes pourraient y trouver à redire ?